von Dina!

Mag. Beckelmann

Ruth Slembek-Aldinger

Fräuleinwunder

Ruth Slembek-Aldinger

Fräuleinwunder

Eine wahre Geschichte
aus Schwaben

Silberburg-Verlag

1 2 3 4 5 07 06 05 04 03

Umschlaggestaltung: Anette Wenzel, Weimar,
unter Verwendung eines Fotos aus dem Besitz der Autorin.
Druck: Gulde-Druck, Tübingen.
Printed in Germany.

ISBN 3-87407-559-1

Inhalt

Das Fräulein,

wie es Chris Howland
in den fünfziger Jahren besungen hat:

Nicht nur Wein und die Trauben –
und das könnt ihr mir glauben,
liebt ein jeder am Altvater Rhein –
Jimmi Brown aus Dakota
und aus Minnesota
schwärmt nur von einem Fräulein.

Fräulein, Fräulein, –
siehst nachts du die Sterne,
dann bin in Gedanken ich dein –
und der Glanz dieser Sterne,
grüßt dich aus der Ferne, –
ich lieb dich, du kleines Fräulein.

Alle Männer auf Erden
hoffen glücklich zu werden,
denn der Mensch ist nicht gerne allein. –
Du bist treu und bist fleißig,
küsst herrlich, das weiß ich –
kleines Fräulein von Isar und Rhein.

Bertel kommt heim

Das Auto hält an der Kehre auf halber Höhe des Aufstiegs zur Schwäbischen Alb. Es dauert eine kleine Ewigkeit, bis Bertel mit den ungewohnten Scheinen gezahlt hat und sich entschließt, auszusteigen. Die Sonne blendet, und die weißhaarige Frau im hellen, gefütterten Mantel hält die rechte Hand schattenspendend über ihre von Falten umgebenen Augen. Auf den Wiesen, die sich bis zu den Häusern den Abhang hinunterziehen, stehen die Kirschbäume in voller Blüte. Im noch taufeuchten Gras am nahen Waldrand leuchten Schlüsselblumen und Märzenbecher um die Wette.

Die Frau, die sich mit dem Taxi direkt vom Stuttgarter Flughafen zu dem kleinen Dorf chauffieren ließ, sucht mit den Augen ihr Elternhaus.

Vor fast fünfzig Jahren hat sie es verlassen. Verlassen im Zorn, weil sie sich als Siebzehnjährige mit einem Amerikaner eingelassen hatte und von ihm ein Kind erwartete. Sie war dafür fast geächtet worden. Es war halt eine ganz andere Welt, in der man damals lebte.

Bertel war bei Kriegsende gerade mal zwölf Jahre alt. Mit sechzehn lernte sie in der Stadt ihren Freund kennen. Der war Soldat bei der amerikanischen Armee und als solcher in Deutschland stationiert. Das kleine Bauerndorf war damals in Aufruhr, weil das junge, wohl behütete Mädchen »einem Ami« ihre Unschuld geschenkt hatte. Er wurde der Vater ihres Kindes, mit dem zusammen sie drei Jahre später nach Amerika ausgewandert ist.

Wie eh und je thront die Burgruine auf der Höhe und grüßt vom Hausberg zwischen den Bäumen weit ins Neckartal hinaus. Bertels Blick wandert den Weg entlang, der sich vor ihr als heller Faden durch blühende Felder den Abhang hinunterschlängelt. Das Bauernhaus dort, das einzige mit grauem Schindeldach, das muss es sein. Ja, sie erkennt das alte Haus zwischen den Neubauten, eingerahmt von einer Hecke, als ihr Elternhaus.

Anders als früher, liegt das Anwesen nicht mehr alleine an der Hauptstraße, die auf die Hochfläche führt. Neue Häuser mit roten Ziegeldächern drängen sich am Ortseingang zusammen. Die alte Straße mündet dort in eine neue Bundesstraße ein. Heute wie damals führt eine

Verbindungsstraße von der Autobahn durch den Ort auf die Hochfläche der Schwäbischen Alb.

Bertel blickt von der Anhöhe über die Häuser und die Kirchturmspitze hinweg weit hinaus in die Talauen links und rechts des Neckars. Unwillkürlich denkt sie an die Geschichte vom lieben Gott, der angeblich bei der Erschaffung der Welt die letzten Samenkörner aus einem großen Sack über dieses Tal gestreut hat, wo dann das schöne Neckarland gewachsen ist. Ja, von dieser Stelle aus muss der Herr die Saat ins Land hinausgeschleudert haben.

Dass sich in all den Ortschaften dort unten Industrie angesiedelt hat, ist an den hohen Schornsteinen zu erkennen, die aus dem Grün des Tales herausragen. Wie viele Leute dort wohl täglich ihrer Arbeit nachgehen?, sinniert Bertel.

Ihre Gedanken werden durch den hellen Klang einer Kirchturmglocke unterbrochen. Das anfänglich verhaltene Läuten dringt bald dreistimmig zu ihr herauf, und der Schall bricht sich am Gemäuer der alten Burgruine.

Längst hat sich die Heimgekehrte auf eine Bank gesetzt. Ein Messingschildchen weist darauf hin, dass diese von einem Bauernsohn aus dem Dorf gestiftet wurde, der in der Fremde zu Wohlstand und Ehre gekommen war.

Bertels Augen gleiten über die Häuser, die sich um den Kirchturm dort unten scharen, als ob sie bei dem Gotteshaus Schutz suchten. Die roten Ziegeldächer leuchten in der Morgensonne.

»Daheim, ich bin daheim«, so singt es in ihr im Gleichklang mit den Kirchenglocken.

Dort unten hinter der Kirche auf dem Gottesacker ist vor wenigen Wochen ihre Mutter zur letzten Ruhe gebettet worden. Hedwig liegt an der Seite ihrer eigenen Mutter, der Ahne Martha, die schon seit vielen Jahren dort ruht. Die beiden Frauen, deren Lebenswege sehr ähnlich verlaufen waren und die nie getrennt gelebt hatten, sind nun auch im Tod vereint. Die Ahne hatte eine schwere Krankheit zu durchleiden gehabt. Hedwig hatte sie liebevoll bis zu ihrem Tod gepflegt. Mit 78 Jahren war die Ahne gestorben. Bertels Mutter ist 88 Jahre alt geworden. Still und ohne Aufhebens, so, wie ihr ganzes Leben war, ist sie in die Ewigkeit hinübergeschlummert. Bis zuletzt hat sie bei guter Gesundheit ihr Haus versorgt, immerfort hat sie zu werkeln und zu schaffen gehabt. Bertel ist sich ganz sicher, dass ihre nimmermüde Mutter auch »dort drüben« noch schafft – ganz so, wie sie dies ein Leben lang gewohnt war.

Immer noch läuten die Glocken. Bertel erhebt sich von der Bank und schlendert langsam über das Fußwegle in Richtung Dorf. Abermals setzt sie sich auf eine Bank mit Rundblick über das Tal. Diese hier ist um eine Linde herum gezimmert worden. Als Kinder haben sie oft an diesem Ort gespielt und die ersten Veilchen im Gras gepflückt. Jetzt schaut sie auf ihre Armbanduhr und stellt fest, dass ihr noch genügend Zeit bleibt: Erst um elf Uhr ist sie mit ihrem Bruder Erwin verabredet.

Langsam klingen die Glocken aus. Bertels Gedanken wandern weiter in die Vergangenheit. Sie sieht die Bachbauer-Resi, wie sie mit ihrem schwarzen Gsangbüchle in der rechten Hand durch die enge Gasse zur Kirche eilt, um noch rechtzeitig zum Gottesdienst zu kommen.

Auch die Lammwirtin Else erscheint vor ihrem geistigen Auge: Sie steht am Herd und löscht den Sonntagsbraten ab, der nun noch leise vor sich hin köcheln muss. Bertel hat als Schulmädchen in ihrer freien Zeit oft das Kind der jungen Lammwirtin gehütet, hauptsächlich an den Sonntagen, wenn in der Wirtschaft viel zu tun war.

Beim Verlassen der Küche ruft die Lammwirts-Else ihrem Mann hinter der Theke zu: »Fritz, guck noch em Herd und leg a paar Holzscheitle nach, dass des Feuer et ausgoht!« Dann zieht sie ihr blau geblümtes Sonntagskleid über und streicht den Rock glatt. Sie bindet den Stoffgürtel mit der perlmuttfarbenen Schließe um ihre Taille, steckt ihr Gsangbüchle in ein schwarzes Handtäschle und verlässt die Schlafstube – nicht ohne einen prüfenden Blick in den Spiegel über der Waschkommode geworfen zu haben. Eine locker gewordene Haarnadel steckt sie wieder in den fest geflochtenen Knoten in ihrem Nacken. Jetzt verlässt sie das Haus und eilt mit langen Schritten hinüber zur Kirche. Sie schlüpft beim letzten Glockenschlag hinein. Lautlos schließt die Mesnerin das schwere Portal hinter ihr.

Auch die Tagelöhners-Witwe Klara taucht in Bertels Erinnerung auf. Wie sie in ihrem schwarzweiß karierten Sommerkleid über das Bergele hinter der Kirche keucht! Sie trägt ihr Gsangbüchle in einem extra dafür gehäkelten schwarzen Täschchen an einem Henkel und schwenkt es im Takt ihrer Schritte neben den Knien hin und her. Ihr kleines Heinerle musste vor dem Kirchgang gebadet und gewickelt werden, ihre größere Tochter hat sie angewiesen, die Stube aufzuräumen. Sie betritt die Kirche durch den kleinen Seiteneingang, um den Gottesdienst nicht zu stören.

Bertel stellt sich den Platz um den Brunnen vor, sieht die Kirche mit dem schlanken Turm und dem kleinen Schiff, daneben das Backhäusle und dahinter das Milchhäusle, direkt neben dem Kastanienbaum, unter dem sich die Dorfjugend jeden Abend getroffen hat. Sie erinnert sich an die breiten Steinstufen vor dem Gasthaus zum Lamm mit den einfachen Metallstangen, die als Handlauf an beiden Seiten der Treppe angebracht waren. Wie oft wir Dorfkinder das Treppengeländer als Turnstange benutzt haben, denkt sie amüsiert.

Jetzt klingt wieder der Schlag einer Glocke vom Kirchturm her. Wie selbstverständlich spricht Bertel leise vor sich hin: »Unser Vater in dem Himmel! Dein Name werde geheiliget. Dein Reich komme ...« Wie lange hat sie das Vaterunser nicht mehr auf Deutsch gebetet! Doch sie hat es nicht vergessen in den vergangenen Jahrzehnten, in ihrer Welt voller Hektik und Arbeit in der großen Stadt im fernen Amerika.

Heute erlebt Bertel die Idylle eines schwäbischen Dorfes im Frühling des Jahres 2003. Eine unbeschreibliche Ruhe kehrt in sie ein, eine Ruhe, die sie über all die Jahre in den hintersten Winkel ihres Gedächtnisses verbannt hatte. Hat sie in den letzten fünfzig Jahren je an diesen Wiesenhang hinter dem elterlichen Haus gedacht? Sie weiß es nicht mehr.

Sie wendet ihren Kopf Richtung Autobahn hinüber. Der Albaufstieg am Aichelberg gehört zu ihrer Vorstellung von der Heimat. Dass der Verkehr sich heute auf halber Höhe durch einen Tunnel zwängt, um die Steigung leichter zu bewältigen, ist neu. Als junges Mädchen ist sie mit Freunden über Feldwege durch die Obstwiesen an den Hängen gegangen. Damals haben sie die Fahrzeuge auf der Autobahn gezählt. Es war sogar möglich, die Autostraße bei einem Spaziergang zu überqueren, was allerdings bei Strafe verboten war. Die schweren Militärlastwagen der Amerikaner, die an den Werktagen die Autobahn befuhren, waren an den Sonntagen nicht so zahlreich. Mehr als zwanzig Fahrzeuge hatten sie an solch einem Sonntagnachmittag nicht gezählt.

Bertel verliert sich in der Vergangenheit. Jetzt sieht sie eine muntere Schar Kinder vor sich, Mädchen mit geflochtenen Zöpfen und in bunten Schürzen, Buben in kurzen Hosen und dicken braunen Wollstrümpfen. Sie sammeln Moos, um zu Hause für den Osterhasen ein Nestle zu richten. Inmitten der Kinderschar tummelt sich auch die »kleine Berte« – die »Bertel« ist sie erst im Laufe der Jahre geworden.

Mit einem großen Strauß gelber Schlüsselblumen, ihre kleinen Hände vermögen das Gebinde kaum zu umfassen, springt Berte hinter den Buben her, die mit ihren Moosbüscheln johlend den Abhang hinunterrennen. Das rote Band, das ihre gleichmäßig geflochtenen Zöpfe zusammenhalten sollte, hat sich gelöst und ihre Haare wehen offen im lauen Wind des Frühlingstages.

Die große Bertel verspürt jetzt Lust, es den Kindern von damals gleich zu tun: Sie bückt sich und pflückt einen Strauß »Badenga«, wie die Kinder damals die Schlüsselblumen nannten.

Mit langen Schritten eilt sie dann vollends hinunter ins Dorf, als ob es etwas zu versäumen gäbe. Bei den ersten Häusern geht sie wieder gemächlicher und betrachtet die schönen, neu angelegten Gärten. Eine junge Mutter kommt ihr mit einem Kinderwagen entgegen. Ist das die Maurers-Katrin? Jetzt bugsiert die Frau ihren Kinderwagen durch die Gartentüre. Natürlich, das ist der Maurer-Hof. Die junge Frau ist der Maurers-Katrin wie aus dem Gesicht geschnitten.

Jetzt sieht die Heimgekehrte ihr Elternhaus. Noch ein paar Schritte sind es bis zum Gartentürchen. Bedächtig drückt sie die Klinke nieder und betritt nach so vielen Jahren wieder »das Wegle«. Die Sandsteinplatten, die Bertels Vater vor langer Zeit gelegt hatte, sind eingerahmt von Blumenrabatten. In den Ritzen wächst Gras. Der Holunderbusch unter dem Schlafzimmerfenster der Ahne treibt frische Blüten. Der Verputz des Fachwerkhauses bröckelt an einigen Stellen. Blumenkästen sind bereit gestellt und warten auf die Frühjahrsbepflanzung. Scheibengardinen, mit rotem Band gerafft, zieren das Fenster neben der Haustüre, das ist neu. Sonst hat sich nichts verändert.

Bertel schaut sich um, unter dem Dachvorsprung klebt ein Schwalbennest, nein zwei, drei, genauso wie damals. Den Mauerspalt über dem Kellerfenster gibt es auch noch. Sie greift hinein und hält den Hausschlüssel in der Hand.

Es ist heute wie damals ein gepflegter Garten, durch den sie geht. Nein, nicht mit der Richtschnur angelegt. Ungleiche Beete sind es, die ihre

Mutter noch für die Frühjahrsbepflanzung hergerichtet hat, bevor sie ihre Augen für immer schloss.

Das Beet mit Küchenkräutern neben der Verandatreppe – genau wie damals! Holzstangen als Rankhilfen für Tomaten und Bohnen liegen geschützt unter dem Vordach der Holzhütte, die ihr Vater einmal gezimmert hat. Hinter dem Kräuterbeet, so erinnert sich Bertel, hatte die Ahne Erdbeeren gepflanzt, die sie als Kinder vom Beet naschen durften. Dieses ehemalige Erdbeerbeet ist jetzt Rasen und Wäscheplatz. Dahinter wachsen Himbeer-, Johannisbeer- und Stachelbeersträucher.

Sie denkt daran, wie sie mit ihrer Mutter dort Beeren in ein Eimerchen pflückte. In ihrer Erinnerung ist die Mutter hager, ausgezehrt von den Kriegs- und Nachkriegsjahren. Das dunkelblonde Haar trug sie in einen gedrehten Nackenknoten gezwängt. Eigentlich war sie immer schwarz gekleidet gewesen. Doch dies fiel kaum auf, weil sie außer zum gelegentlichen Kirchgang immer eine Schürze umgebunden hatte. Ja, für verschiedene Gelegenheiten gab es sogar verschiedene Schürzen, zum Kochen eine andere als zum Milchholen oder zur Gartenarbeit.

Bertel sieht die Ahne, die im Schatten auf der Veranda am Tisch sitzt und die frisch geernteten Träuble zum Einwecken vorrichtet. Die Ahne hatte einen gutmütig-schelmischen Blick, der nur durch die Brille, die sie gelegentlich aufsetzte, ernst wirkte. Ihr dünnes Haar hatte sie zum Zopf geflochten und als »Nestle«, wie sie den Dutt nannte, am Hinterkopf befestigt. Im Gegensatz zur Mutter trug die Ahne manchmal ein Schmuckstück: eine goldene Brosche mit einer Perle in der Mitte. Diese Schmucknadel hatte sie immer kurz unterhalb des Kragens befestigt, sodass sie die dunkle Bluse hochgeschlossen hielt. Während die Mutter zur Gartenarbeit immer eine Wickelschürze aus Baumwolle umband, trug die Ahne nie etwas anderes als einen schwarzen Rock, der so weit war, dass man darunter noch ein paar Unterröcke vermuten musste.

In unregelmäßigen Abständen stehen die Sträucher und Büsche. Der Platz für Gemüse und Beeren ist beträchtlich reduziert worden, schließlich musste die Mutter in den letzten Jahren ja auch nur noch für sich selbst sorgen.

Die Ahne und ihre Tochter lebten viele Jahre allein in diesem Haus. Der Ähne Gottlieb hatte es mit der Ahne in jungen Jahren noch vor Beginn des Ersten Weltkriegs erbaut. Als er 1916 fiel, hinterließ er seine Frau und die kleine Hedwig.

Hedwig, Bertels Mutter, hat einen Zimmermann aus dem Nachbardorf geheiratet. Zwei Kinder wurden Alfred und ihr geschenkt: Das erste, Bertel, ist 1933 geboren. Zwei Jahre später kam der Bruder Erwin zur Welt. 1943 fiel der Vater in Russland. Seine eigenen Eltern waren da schon lange tot.

Beide Frauen, die Ahne und die Mutter, haben ihre Ehemänner im Krieg verloren. Ein Leben ohne männlichen Beistand – das war früher nicht einfach.

Spaziergang durchs Dorf

Bertel hat nach dem Volksschulabschluss eine Schneiderlehre in einer Kleiderfabrik in der Stadt begonnen. Es war nun einmal so, dass damals die Mädchen nur zu typischen Frauenberufen Zugang fanden. Gerade 17 Jahre war sie alt, als sie von einem Soldaten der amerikanischen Armee ein Kind empfangen hat.

Nach einem handfesten Krach, der den Hausfrieden in den Grundfesten erschütterte, beschlossen ihre Mutter und die Ahne Martha, zu Bertel zu halten. Viel Unterstützung von außen erfuhren sie dabei nicht.

Eine Schande für das ganze Dorf sei das, so wetterte der Herr Pfarrer mitsamt den honorigen Herren, die sich allesamt zur Überwachung in Sachen Sitte und Moral berufen fühlten. Der Pfarrer kam sogar ins Haus, um die drei Frauen zurechtzuweisen. Da war er aber bei Hedwig an der falschen Adresse: Vehement verteidigte sie ihre Tochter, die sie doch jetzt nicht aus dem Haus jagen könne. Wo denn sein Gott gewesen sei, als er in zwei unsinnigen Kriegen erst ihren Vater und dann ihren Mann habe sterben lassen? Und: Sie sei es doch schließlich nicht gewesen, die die Amerikaner ins Land geholt habe ...

Auch als sich die Wogen wieder geglättet hatten, hielten sie fest zu der werdenden Mutter, die ja selbst fast noch ein Kind war. Unbedingt sollte sie ihre Lehre abschließen können, um beruflich unabhängig zu sein.

1950 wurde zudem Bob, Bertels Freund, von seinem bisherigen Standort in Deutschland wegversetzt. 1953 kam dann der Vater des inzwischen dreijährigen Kindes in das Dorf zurück, um Bertel in seine Heimat zu holen und dort zu heiraten. Der Bruder Erwin war darüber sehr wütend, weil seine alles vereinnahmende Schwester nun seinen Neffen entführte, an den er sich so sehr gewöhnt hatte. War Bertels Verhältnis zu ihrem Bruder bisher schon nicht gerade harmonisch gewesen, so bekam es jetzt einen Riss, der, so schien es, nicht mehr zu kitten war.

Nun steht also Bertel, die eine neue Heimat in Amerika gefunden hat, nach annähernd einem halben Jahrhundert in dem Garten, in dem sie ihre Kindheit verbracht hat, und hält in Gedanken versunken den vertrauten Hausschlüssel in den Händen.

Zögernd steht sie vor der Türe und starrt auf das dunkle Eichenholz und den schwarzen, unförmigen Knauf. Jetzt fällt ihr auch auf, dass Türe und Fenster erst vor kurzer Zeit einen neuen Anstrich bekommen haben müssen. So wie sich überhaupt das ganze Haus zwar ziemlich bejahrt, aber gepflegt und sauber präsentiert.

Als sie gerade den Schlüssel ins Schloss stecken will, klingelt das Handy in ihrer Handtasche. Ihr Bruder Erwin ist es, der ihr sagen will, dass er später kommen werde, dringende geschäftliche Angelegenheiten hielten ihn auf, sie solle doch zum Mittagessen ins »Lamm« gehen. Am Nachmittag würden sie sich dann treffen.

Bertel überlegt kurz: Der Schmerz würde ihr arg zusetzen, wenn sie jetzt alleine das Haus beträte. Also geht sie bedächtig über das Wegle zurück bis zur Gartentüre. Sie spaziert die Hauptstraße hinunter, die zur Dorfmitte führt.

In einer Hofeinfahrt liegt ein Mann unter seinem Auto, wohl um es zu reparieren; seine langen Beine reichen über den ganzen Gehweg. Sie muss auf die Straße ausweichen. Beim Vorübergehen hört sie das Schimpfen des Mannes. Das ist doch das Haus vom alten Wägner Schorsch, stellt sie fest. Seine ehemalige Werkstatt ist umgebaut, dort befindet sich jetzt eine Bäckereifiliale.

Hinten am Bach muss die alte Sägemühle sein. Bertel sieht sich als Schulmädel mit ihren Freundinnen dort spielen. Die angelieferten Baumstämme hatten verschiedene Längen, so entstanden immer wieder zwischen den ungleich gewachsenen Hölzern kleine Höhlen. Darin hatten sie für ihre Puppenkinder regelrechte Wohnungen eingerichtet, mit Küche, Stube und Schlafzimmer. Mit Bedauern stellt sie fest, dass auf dem Platz der alten Sägemühle Wohnhäuser entstanden sind. Eine kleine Autowerkstatt mit Tankstelle befindet sich direkt dort, wo einmal das große Tor zum Holzplatz war.

Dort beim Milchhäusle, wo einstmals das Milchauto Fahrgäste, die sich am Morgen dort eingefunden hatten, in die Stadt mitnahm, befindet sich heute eine Bushaltestelle.

Bertel erinnert sich daran, wie sie jeden Dienstagmorgen, wenn Berufsschule war, das Milchauto genommen hat, um in die Stadt zu kommen. Die Berufsschule hatte eine Stunde später begonnen als die Arbeit in der Kleiderfabrik. An den anderen Tagen machte sie sich gegen halb sechs Uhr morgens mit einigen anderen zu Fuß auf den

Weg ins Geschäft. Später hatte sie dann ein Fahrrad und kam bei Schlechtwetter oftmals klitschnass dort an.

Der Weg führt direkt auf einen Backsteinbau zu: ach ja, das alte Schulhaus. Als sie das Zwölfuhrläuten vom Kirchturm hört, denkt sie, jetzt müssen gleich die Kinder mit ihren Lederranzen auf dem Rücken über die breite Treppe herausgestürmt kommen.

Sie lehnt sich an den Brunnen, der schon seit Urzeiten vor dem Schulhaus steht. Girlanden aus immergrünen Zweigen mit bunten Bändern sind um ihn geflochten und auf dem Stein in der Mitte des länglichen Troges, aus dem ein dünner Wasserstrahl quillt, ist eine Krone aus bunt bemalten Ostereiern angebracht.

Früher trieben die Bauern vom Dorf jeden Morgen und Abend ihr Vieh über die Straße zum Tränken an diesen Brunnen. Als kleines Mädchen hatte Bertel oft bei den Kühen gestanden und sich darüber gewundert, wie viel Wasser so ein Tier saufen kann. Jetzt kramt sie einen Fotoapparat aus ihrer Umhängetasche und macht einige Aufnahmen. Eine Frau mit Einkaufskorb am Arm spricht Bertel an: »Gell, onser Bronna ist des Johr bsonders schön!« Ohne eine Antwort abzuwarten, fährt sie fort: »Den Bronna schmücket unsere Landfraua jedes Johr an Ostern.« Nach einer Weile fragt sie weiter: »Gell, Sie send et von do? – Send Se em Urlaub? – Wohnet Se em Lamm?«

Bertel hat keine Lust auf eine ausgedehnte Unterhaltung und antwortet schnell: »Ja, ja, mal sehen.«

Die Frau geht weiter und verschwindet in der Garageneinfahrt am Haus gegenüber. Das ist doch das Elternhaus von meiner Schulfreundin Erika, schießt es Bertel durch den Kopf. Ihr Vater hatte eine Schusterwerkstatt im Untergeschoss. Ja, dort wo jetzt die Garage angebaut ist, da war einstmals ein kleiner Schuhladen mit einem Schaukasten davor. Beim Öffnen der Tür schlug eine Glocke an und aus der Werkstatt humpelte der Meister in den Laden. Er war mit einem steifen Bein aus dem Militärdienst entlassen worden. Ringsum an den Wänden des kleinen Raumes waren hohe Regale angebracht, in denen fein säuberlich helle Schuhkartons gestapelt waren. An der Seite vor dem Schaukasten, dessen Fensterflügel zum Laden hin mit einer durchsichtigen Gardine bespannt waren, standen vier Stühle und davor jeweils ein abgeschrägter Fußschemel aus dunklem Holz zur Anprobe der Schuhe. Hinter der Ladentheke hingen an einem schwarzen Holzbrett einige Schuhlöffel.

Nachdem der Kunde seinen Wunsch geäußert hatte, holte der Meister einige Kartons aus dem Regal und eine lange Prozedur des Anprobierens und Auswählens begann. Man hatte Zeit. Eine Anschaffung solchen Ausmaßes wurde nicht so holterdiepolter getätigt. Wenn sich ein weiterer Kunde einstellte, entwickelte sich oft ein Gespräch und das Geschäft wurde zur Nebensache. Dann ging der Meister ins Treppenhaus und rief laut: »Sofie, komm ronter, Kundschaft wartet!«

Wenn es an regnerischen Tagen im Laden recht duster war, zog die Schusters-Sofie einfach die Gardine vor dem Schaufenster zur Seite. Elektrisches Licht am Tag zu verbrauchen, kam nicht in Frage.

So war es auch zu Hause gewesen. Bertel erinnert sich, dass die Ahne in der beginnenden Dämmerung stets ihr Strickzeug zur Seite legte und erst bei völliger Dunkelheit das Licht anknipste. Dann klapperten die Nadeln am Strickstrumpf weiter. Auch die Mutter fing dann an zu sticheln, zu stricken, zu häkeln oder Strümpfe zu stopfen.

Die Stunden zwischen Dämmerung und völliger Dunkelheit waren an den langen Winterabenden zu Hause die schönsten. Wie konnte doch die Ahne von ihren Jugendjahren erzählen, vor allem von der Zeit, als sie ihren Gottlieb kennen gelernt hatte.

Im Winter 1906, beim Schlittenfahren, sei es gewesen. Am Hang hinter den Häusern traf sich damals die Dorfjugend regelmäßig in der Dämmerung zum Rodeln. Die langen, weiten Röcke der jungen Mädchen waren bei der rasanten Fahrt talabwärts sehr hinderlich. Oft sei der Schlitten im hohen Schnee gekippt und dann war ihr der Gottlieb immer beim Abklopfen des Schnees von Röcken und Unterröcken behilflich. Die Ahne lächelte verschmitzt vor sich hin. Natürlich lag der Gedanke nahe, dass der gute Gottlieb den Schlitten absichtlich zum Kentern gebracht hatte, um an die Röcke seiner Auserwählten zu gelangen.

Bertel ist aus ihren Winterträumen erwacht und schaut noch eine ganze Weile versonnen zum ehemaligen Schusterhaus hinüber. Der Dorfplatz erstrahlt im hellen Schein der Mittagssonne. Wenig erinnert mehr an das alte Schusterhaus mit den Dachgauben: Eine breite Fensterfront und ein lichter Balkon zieren heute die Straßenfront des Gebäudes.

Jetzt hält quietschend direkt vor ihr der Linienbus. Frauen mit vollen Einkaufstaschen steigen aus. Schulkinder mit farbenfrohen Rucksäcken springen leichtfüßig aus der hinteren Tür des großen Busses. Die kleine Dorfschule wird also für Schulzwecke wohl gar nicht mehr genutzt.

Jetzt entdeckt sie auch den Schriftzug, der das Gebäude als »Haus der Vereine« ausweist.

Besuch am Grab der Mutter

Gedankenverloren geht Bertel den Fußweg entlang, der zum Friedhof führt. Sie will noch das Grab der Mutter besuchen, ehe sie zum Mittagessen ins »Lamm« geht.

Von weitem erblickt sie das wuchtige schmiedeeiserne Tor mit den goldenen Kreuzen. Ein vertrauter Anblick, bei dem sie augenblicklich wieder in die Vergangenheit eintaucht. Wie oft ist sie mit anderen Halbwüchsigen zusammen johlend um die Friedhofsmauer gerannt! Ja, auch auf der Mauer haben sie oftmals »Fangerles« gespielt. Später hat sie sich mit ihrer ersten Liebe, dem Schreiner Hermann, dort im Schutz der Dunkelheit heimlich getroffen.

Eine Fotografie aus dem Familienalbum drängt sich ihr auf. Das Foto zeigt ihre Eltern vor dem Friedhofstor im Schnee. Ihre Mutter war in einen schwarzen Mantel gekleidet, der bis zu den Knöcheln reichte. Um ihre Schultern hatte sie einen breiten Fuchspelz drapiert; eine Pelzkappe hatte sie tief in die Stirn gezogen. Das schwarze Handtäschchen mit silberfarbenem Bügel – ein unbedingtes Muss in den dreißiger Jahren – hing schick in ihrer Armbeuge. An ihrer linken Seite stand ihr Mann in der Wehrmachtsuniform des Zweiten Weltkrieges.

Mit diesem Bild vor Augen öffnet sie jetzt das Tor zum Friedhof. Das Quietschen der Türangeln hat die Zeit überdauert. Sie geht am Kriegerdenkmal vorbei. Obgleich sie sich wenig an ihren Vater erinnerte, hat sie dort oftmals Blumen in die Vase gesteckt. Heute jedoch geht sie zielstrebig zu dem Doppelgrab, in dem die Mutter und die Ahne liegen. Ein provisorisches Holzkreuz nennt den vertrauten Namen, den Geburts- und Todestag. Der schmucklose Grabstein der Ahne verschwindet fast hinter der frisch aufgehäuften Erde.

Es ist erst zwei Stunden her, dass Bertel die Schlüsselblumen gepflückt hat, aber sie hängen schon ein wenig die Köpfchen. Mit zitternden Fingern legt die alte Dame den Strauß auf die feuchte Erde und sagt leise: »Grüß Gott, Mama!« Mehr bringt sie nicht über die Lippen, obwohl sie so viel auf dem Herzen hätte.

Es rinnen keine Tränen über ihre Wangen. Die Mutter hat ein gesegnetes Alter erreicht, ein ausgefülltes Leben gelebt und hat friedlich einschlafen dürfen. Es sei gut so, meldet ihr Verstand. Dass die Nachricht von Mutters Tod sie zu spät erreicht hat, war für sie schmerzlich. Ihr Sohn Robert hatte ihr für einen Urlaubsaufenthalt – den ersten in ihrem Leben – seine Blockhütte in den Rocky Mountains angeboten, die für ihn selbst ein Ort des Rückzugs war. Es gab keinen Telefonanschluss dort, nicht einmal Strom und Wasser. Er selbst und seine Frau waren in Florida, als die Todesnachricht eintraf. So hatte sie mit Verspätung vom Tod ihrer Mutter erfahren. Es hat keinen Sinn mehr, sich darüber zu grämen. Mit einem geflüsterten »Schlaf gut, Mutter«, wendet Bertel sich ab und geht den Weg zurück.

Die Kirchturmuhr erinnert sie mit einem Schlag daran, dass die Mittagszeit bereits vorbei ist. Mit schnellen Schritten bewegt sie sich in Richtung »Lamm«, denn der Hunger meldet sich jetzt verstärkt.

Im Geiste ist sie bereits in der Gaststube und sie hat auch schon einen bestimmten Platz im Sinn. In einer kleinen Nische in der Nähe der Theke stand ein Tisch für zwei Personen. Dorthin wird sie sich setzen. Sie könnte es im Augenblick nicht ertragen, wenn jemand sie ansprechen würde. Sie will jetzt alleine sein mit ihren Gedanken.

In der Hoffnung, dass die Else oder der Lammwirt sie nicht erkennen werden, eilt sie das letzte Stück Weg bis zur Gaststätte. Doch als Bertel um die Ecke biegt, hält sie verwirrt inne. Vor dem Eingang stehen zwei Köche, die so gar nicht in die ländliche Umgebung passen wollen. Die ausgetretenen hellgrauen Sandsteinstufen gibt es nicht mehr. Jetzt sind die Stufen aus hellem Marmor und die »Turnstangen« sind ersetzt worden durch golden glänzende Gitterstäbe und einen Handlauf aus schwarzem Kunststoff. Das schöne alte Wirtshausschild über der Eingangstüre ist gegen ein beleuchtetes Vordach ausgetauscht, auf dem ein lebensgroßes Lamm steht. Elektrische Lichter in Form von Kerzen verschwenden im Hausflur ihren gedämpften Schein.

Die kleine Nische bei der Theke gibt es nicht mehr. Bertel wählt einen Fensterplatz und bestellt Linsen und handgeschabte Spätzle. Wie lange ist es her, dass sie handgeschabte Spätzle gegessen hat? Sie genießt die Mahlzeit, die fast wie in Kindertagen schmeckt.

Ein gutaussehender älterer Herr mit grauen Schläfen kommt durch eine breite Schiebetüre, die noch im Original erhalten ist und zum Nebenzimmer führt. Er macht sich hinter der Theke zu schaffen. Über dem hellen Hemd trägt er eine bunt gemusterte Trachtenweste. Eine randlose Brille vervollständigt die elegante Erscheinung.

»Der alte Lammwirt! Menschenskinder, der hat sich aber great gehalten«, flüstert Bertel vor sich hin. Ihre Augen suchen die Else. Die junge Frau, die aus der Küche kommt, muss die Tochter sein. Als Bertel nach Amerika ausgewandert ist, war sie noch ein Kind. Oder ist die junge Frau gar schon die Enkelin?

Die Mittagsgäste haben den Landgasthof, wie das einstige »Wirtshaus zum Lamm« jetzt firmiert, verlassen. Bertel bestellt noch eine Tasse Kaffee. Durch das geöffnete Fenster kann sie den Dorfplatz überschauen.

Zwei Männer unterhalten sich beim Brunnen. Der Ältere, dessen Oberkörper leicht gebeugt ist, lehnt sich an den Brunnenrand. Sein schlohweißes, schütteres Haar ist nach hinten gekämmt, sodass sein tief zerfurchtes Gesicht und der faltige Hals deutlich hervortreten. Um seinen Leib hat er eine saubere Bauernschürze gebunden. Zwar wirkt er nicht müde, doch es scheint, als ob seine Beine nicht mehr so recht mitmachen wollten. Aber das Selbstverständnis des alten schwäbischen Bauern lässt es nicht zu, dass er sich um diese Zeit auf die Bank setzt: Es gehört sich einfach nicht, am helllichten Nachmittag in der Sonne zu ruhen und den Herrgott einen guten Mann sein zu lassen. Es ist ihm anzusehen, dass er trotz seines hohen Alters immer »no a' bissle schafft«. Er nickt immer wieder zustimmend mit dem Kopf, während der andere auf ihn einredet. Sie gestikulieren nicht, dennoch scheint ihre Unterhaltung recht lebhaft zu sein.

Dass der zweite einer anderen Generation angehört, ist auch daran zu erkennen, dass dieser eine blaue, ausgewaschene Jeanshose trägt. Den deutlichen Bauchansatz, der ein wenig über den Hosenbund quillt, kaschiert er mit einem weiten T-Shirt. Ein etwas größerer Junge kommt mit seinem Skateboard herbei und stellt sich breitbeinig dazu. Sein rechter Zeigefinger deutet in Richtung Ortsausgang. Verhaltene Lacher sind zwischendurch zu hören. Der Junge trägt eine schwarze, viel zu weite Hose, die unter den Knien mit einem Aufschlag endet. Seine Füße stecken in hellgrauen, hohen Turnschuhen. Die rote Kappe hat er so aufgesetzt, dass das Schild seitlich in den Himmel ragt.

Drei Generationen stehen dort beisammen. Es liegen Welten zwischen diesen drei Menschen, aber sie scheinen sich dennoch gut zu verstehen.

Eine Frau mit Gehstock betritt jetzt die Gaststube. Obwohl Bertel eigentlich im Begriff gewesen ist zu gehen, bleibt sie auf ihrem Platz und starrt die Eintretende an. Das ist ja die Lammwirts-Else, die da auf ihren Stock gestützt den Stammtisch vor der Theke ansteuert! Ihre Erscheinung erinnert nicht im geringsten an die Lammwirtin von damals mit dem geflochtenen Knoten im Nacken. Eine gepflegte alte Dame ist sie geworden, mit einer grauen Kurzhaarfrisur und dezentem schwarz-weißen Kleid; nicht zu vergleichen mit der langweiligen Wickelschürze aus der vergangenen Zeit. Sie nimmt an dem wuchtigen Tisch vor der Theke Platz. Ein alter Herr mit Kniebundhose und kariertem Hemd tritt ein und setzt sich zur Wirtin an den Stammtisch. Trotz seines Alters wirkt der Mann nicht gebrechlich, nein, im Gegenteil, er hat einen langen Spaziergang hinter sich, wie aus ihrem Gespräch herauszuhören ist.

Der Chef bringt einen Pott Kaffee, der eigentlich nicht in die vornehme Umgebung passt, gießt Milch dazu und stellt die unförmige Kaffeeschüssel vor seine Frau Else auf den Tisch. »Grüß Gott, Reinhold! So, hoscht en Spaziergang gmacht? Was därf's sei – a Viertele Trollinger, wie immer?« Es entwickelt sich ein lebhaftes Gespräch, bei dem auch die Wirtin mithält.

Die Fremde am Fensterplatz schaut in die Runde und überlegt: Was hat sich wohl verändert? Sie war früher sehr selten im »Lamm«. Die Dorfwirtschaft – das war damals nichts für junge Mädchen. Hier trafen sich vor allem die Männer, zum Frühschoppen oder zu politischen Versammlungen. Die Stühle sind gepolstert, das gab es früher nicht. Und auf den Tischen liegen nun helle Damastdecken. Der Tresen ist offensichtlich neu und die Nische ist verschwunden. Aber plötzlich ist sie sich ihrer Erinnerung nicht mehr sicher. Die Nische – war das in einer anderen Gaststätte? Hat sie etwas verwechselt?

Merkwürdig, denkt Bertel, während ich in der Fremde, auf einem fernen Kontinent, andere Sitten und Bräuche kennen gelernt und übernommen habe, scheint die Zeit hier stehen geblieben zu sein. Zwar hat fast jeder sein Häusle verschönert, vergrößert und zweckmäßiger hergerichtet, die Garageneinfahrt gepflastert, einen Rasen angelegt oder Blumenkübel mit Geranien aufgestellt, das Dorf aber hat seinen ländlichen Charakter erhalten, die Größe hat sich nicht wesentlich verändert, obwohl einige Neubauten dazugekommen sind. Weil das Dorf auf einem Bergvorsprung liegt und an einer Seite die Felswände steil aufragen, ist wenig Platz mehr vorhanden.

Die Tür öffnet sich, drei, vier, fünf – nein, noch mehr Frauen kommen schwatzend und lachend in die Gaststube. Sie besetzen einen Tisch in der hintersten Ecke, was für ein paar Minuten einige Unruhe verursacht. Sie sind mit Dirndlröcken und hellen Rüschenblusen bekleidet, doch einige haben auch Jeanshosen und farbenfrohe T-Shirts an. Bertel überlegt, was diese in Aussehen und Alter so verschiedenen Frauen wohl verbindet. Die junge Lammwirtin serviert Kaffee und Hefezopf. Die Unterhaltung der Frauen wird immer wieder durch fröhliches Lachen unterbrochen. Bertel vernimmt aus verschiedenen Gesprächsfetzen, weshalb sie zusammengekommen sind: Am nächsten Wochenende gibt es eine »Hocketse« vor dem Backhäusle und dafür ist viel vorzubereiten. Mit halbem Ohr lauscht sie den Gesprächen der Frauen. Was wird da nicht alles besprochen! Reisig zum Anfeuern des Backofens muss besorgt werden, wenn Holzofenbrot, Laugenwecken und Dätscher, Zwiebel- und andere Kuchen gebacken werden sollen.

Jetzt bekommt Bertel ein Bild von diesen rührigen Damen: Sie gehören zum Kreis der Landfrauen! Wenn sie so in die Runde blickt, haben sie nicht die geringste Ähnlichkeit mit den Bauernweiblein von einst.

Das erste Kinderfest nach dem Krieg

Bertels Gedanken gehen zurück zum ersten »Fleckafest« nach Kriegsende, an das sie sich erinnern kann. 1946 ist es gewesen.

Ein Kinderfest – wie hatte sich doch der ganze Ort darauf gefreut! In den Jahren davor hatte es im Dorf nur kleinere Aufmärsche der Hitlerjugend gegeben. Zu Hitlers Geburtstag am 20. April wurden extra ein paar uniformierte Jugendliche aus der Stadt herbeigekarrt, um eine flammende Rede auf dem mit Hakenkreuzfahnen bestückten Platz beim Lamm zu halten. Obwohl fast noch Kinder, standen sie mit ihrem Fanatismus und ihrem kriegsverherrlichenden Geschrei den hochdekorierten Braunen in der Stadt in nichts nach.

Wie haben die Nachkriegskinder sich bei dem Fest damals über die Laugenbrezel und den süßen Sprudel gefreut, denkt sie. Ein Genuss, der ohne die Gefälligkeit einiger Bauern und Geschäftsleute nicht möglich gewesen wäre. So kurz nach Kriegsende waren die Lebensmittel noch rationiert.

Sie erinnert sich noch genau, wie der junge Lehrer, der als Vertriebener mit seiner Familie in das schwäbische Dorf gekommen war, eines Morgens das Schulzimmer betrat: »Der Musikverein feiert fünfzigjähriges Jubiläum und will die Feierlichkeiten mit einem Kinderfest verbinden.« Er setzte noch hinzu, dass die größeren Kinder die Gestaltung eines Festzuges übernehmen könnten. Dazu gehörte auch Bertel.

Ohne Hilfe der Eltern oder Lehrer entwarfen die Jugendlichen ihren Schauwagen völlig selbstständig. Die Buben wurden beim Güterbeförderer Pfleiderer vorstellig, der als Einziger im Ort ein Pferdegespann hatte. Tatsächlich bot er sich als Kutscher für den geplanten Festwagen an. Güterbeförderer hieß er deshalb, weil er täglich die Fracht für die Bahn, die Post sowie allerhand sonstige Güter in die Stadt beförderte. Er war es auch, der Sternfaden und Sockenwolle, Nähnadeln und anderen Kram, den Frauen halt so brauchen, aus der Stadt mitbrachte.

Auf dem Festwagen sollte das Dorfleben dargestellt werden. Diese Idee hatte wenig Kindliches an sich. Aber so war ja auch ihr Leben damals: Schon früh mussten die Kinder bei der Feldarbeit und im Haus mithelfen; sie kannten kaum einen anderen Tagesablauf als »schaffen« von früh bis spät. Die Lehrbuben der Schreinerei Höfle montierten mit Hilfe der Gesellen auf dem hinteren Teil des Wagens eine Hobelbank, an der zwei Buben mit Säge und Hobel dicke Balken bearbeiteten. Besonderen Spaß machte es den Lausbuben, wenn sie vom Wagen herunter geringelte Hobelspäne auf die Zuschauer am Straßenrand werfen konnten. Die Idee mit den Hobelspänen hatte Herr Höfle, der eigentlich Bronner hieß, aber wegen der Lage seiner Werkstatt nur der Höflesschreiner genannt wurde. Hinterher sammelte die Tagelöhner-Klara die Holzspäne wieder auf. Diese waren damals sehr begehrt und nützlich, um das Feuer im Herd anzufachen.

Auf dem vorderen Teil des Wagens hatten einige Mädchen Platz genommen, die sich mit Handarbeiten beschäftigten. Die Hauptattraktion war ein altes Spinnrad, das von einem der Mädchen permanent im Schwung gehalten wurde. Die übrigen Schüler gingen zu Fuß hinter dem Festwagen her. Die Mädchen mit ihren Kopftüchern und den Rechen über der Schulter winkten fröhlich den Leuten zu, die den Festzug vom Straßenrand aus bewunderten.

Berte hatte einen gefüllten Vesperkorb am Arm, aus dem ein Flaschenhals herausragte. Ihre Mutter hatte sich damals von dem bunten Kleid aus ihrer eigenen Jugendzeit getrennt, um für ihre Tochter ein hübsches »Dirndele« daraus zu schneidern. Für die Schürze hatte die Ahne ihr seidenes Kopftuch geopfert, schließlich sollte ihre Enkelin die Schönste beim Festumzug sein. Der elfjährige Erwin bekam ein blaues Bauernhemd übergezogen, das viel zu weit war. Ein Ledergürtel schnürte es zusammen und gab dem Kittel ein zünftiges Aussehen. Mit dem roten Schnupftuch vom Ähne um den Hals wirkte Erwins Tracht ganz passabel. Angeführt wurde der Festzug von der Kapelle des Musikvereins. Die jungen Musiker, nicht älter als sechzehn, hatten das Musizieren von den wenigen übriggebliebenen Männern der alten Stammkapelle gelernt.

Die lebhafte Unterhaltung der Landfrauen im »Lamm«, die sich längst nicht mehr nur um die Festvorbereitungen dreht und die immer wieder von hellem Lachen unterbrochen wird, holt Bertel zurück in die Wirklichkeit. Mit einem letzten Blick aus dem Fenster erhebt sie sich, bezahlt noch schnell und verlässt mit einem freundlichen »B'hüt Gott« die Gaststube.

Am Feuersee

Der Dorfplatz liegt in hellem Sonnenschein vor ihr. Bertel lenkt jetzt ihre Schritte ins Unterdorf. Nachdem sich ihr Bruder Erwin noch nicht wieder gemeldet hat, beschließt sie, zum Feuersee zu gehen. Hier haben die Dorfkinder einst im Sommer gebadet und sich im Winter auf dem Eis vergnügt. Schlittschuhe jedoch waren teuer, und so schlitterten die meisten einfach mit den Stiefeln übers Eis. Dafür handelten sie sich am Abend wegen der abgenutzten Schuhsohlen Vorwürfe von den Eltern ein.

Bald erblickt Bertel die schlanken Pappeln, die den See säumen. Dann steht sie auch schon vor einem schön renovierten Fachwerkhaus, das nur noch dem Namen nach an die alte Mühle erinnert: Auf einem goldfarbenen Schild steht mit schwarzen Buchstaben »Zur alten Mühle«. Dabei sieht eigentlich alles so neu und blitzsauber aus. Die ehemalige Laderampe ist zu einem Freisitz geworden. Zwischen Blumentrögen sind kleine Tische und Plastikstühle aufgestellt. Um die alten Säulen aus Holz, die ein Vordach tragen, rankt sich Weinlaub mit künstlichen Trauben.

Der primitive Steg, der einmal über den Mühlbach geführt hatte, mit seinem Geländer aus wackeligen Holzstangen ist durch eine stabile Steinbrücke mit schmiedeeisernem Lauf ersetzt worden. Die alte »Schapf«, ein verzinktes Eimerchen an einem langen Holzstiel, mit dem die Müllerin damals Wasser zum Wäschewaschen aus dem Bach geschöpft hat, lehnt blumengeschmückt an dem ausgedienten Mühlstein.

Auf einer der Bänke, die rund um den See aufgestellt sind, lässt sich Bertel nieder, um vor sich hin zu träumen. Schon seit dem frühen Morgen, als sie auf der Steige aus dem Taxi gestiegen ist, hat sie nichts anderes getan, als sich zu erinnern und zu träumen. Träumen von »damals«. Wann war damals?

»Damals« war, als sie mit dem Umhängetäschle ins Kinderschüle lief und regelmäßig der Bäuerin Rosa durch die offene Stalltüre hindurch beim Melken ihrer Kühe zuschaute. »Damals« war auch, als der alte Lehrer Hornbach die Unterrichtsstunden im Sommer unter die Apfelbäume auf der Wiese hinter dem Schulhaus verlegt hat. War »damals« auch, als sie sich mit den anderen

Jugendlichen in der Abenddämmerung beim Kastanienbaum getroffen hat und erste schüchterne Liebeleien im Schutz der Dunkelheit wagte? Oder ist »damals« jene Zeit, in der sie ihr kleines Söhnchen Robert im Kinderwagen durch den Ort führte? Im Oberdorf, so erinnert sie sich, schwatzte sie dann gelegentlich mit der Weber-Karoline, die mit dem Strickzeug mittags auf der warmen Gartenmauer hockte. Wenn dann noch die dürre Kohler-Christine mit ihrem Handwagen des Weges kam und ohne Punkt und Komma sämtliche Neuigkeiten aus dem Dorf ausbreitete, war es nicht mehr weit bis zu der einen Frage, die sie fürchtete wie der Teufel das Weihwasser: Wo denn der Vater von ihrem Robertle geblieben sei, was denn das für einer sei, der sie mit ihrem Kind so mir nichts, dir nichts habe sitzen lassen und ob es nicht besser gewesen wäre, er wäre geblieben, wo der Pfeffer wächst.

Ohne jemals eine Antwort auf diese Frage gegeben zu haben, hatte sie sich danach immer auf den Heimweg gemacht. Was wussten die Tratschtanten schon über den wirklichen Grund, warum ihr Freund so plötzlich ausblieb? Auf Verständnis und Mitgefühl war sowieso nicht zu hoffen. Die alten Frauen mit ihrem hinterwäldlerischen

Denken, die noch niemals aus ihrem verschlafenen Dorf herausgekommen waren, machten selbst die kleinste Begebenheit zur Sensation und verfälschten und übertrieben sie dazu noch.

So war es auch mit dem »Amiliebchen« Bertel. Über Jahre hinweg gaben das Robertle und seine Mutter Anlass zu Tratsch im Dorf, ihr Gang durch den Ort glich oft einem Spießrutenlauf.

Bertel verzieht schmerzlich das Gesicht. Nein, nicht darüber nachdenken, jetzt, wo sie hier am Feuersee sitzt und von den einstmals gemeinsamen Abendspaziergängen mit ihrem Bob nur einen Gedankensprung weit entfernt ist. Lieber will sie weiter zurückgehen, zu den kleinen harmlosen Bildern aus frühester Kindheit. Schmerzliches gab es genug in ihrem Leben.

Der alte Müller erscheint vor ihrem geistigen Auge. Sie sieht, wie er mit müden Schritten, auf einen Stock gestützt, über den Hof schlurft. Schwatzend bleibt er bei dem Knecht Karl-Heinz stehen, um zu verschnaufen. Jetzt verscheucht er mit seinem Stock ein Huhn, das gackernd über den Hof läuft, und schleppt sich dann vollends zur Bank neben der Haustüre. Er streicht dem blonden Peterle, das schon auf den

Ähne gewartet hat, über den Kopf. Regelmäßig nahm der Müller an warmen Sommertagen seinen Platz auf der Bank ein, um den Rest des Tages dort zu verbringen. Die Schwiegertochter brachte ihm seine Mahlzeiten dann in den Hof hinaus. Zwischendurch tat er, auf seinen Stock gestützt, ein paar Schritte, um seine schmerzenden Beine zu bewegen.

Ein Surren vom gegenüberliegenden Ufer holt Bertel ins Jetzt zurück. Ein paar größere Buben, deren Fahrräder achtlos hingeworfen im Gras liegen, haben ein Modellboot zu Wasser gelassen. Ihre knallroten Schildmützen und die farbenfrohen T-Shirts leuchten durch das dunkle Grün der Uferböschung. Die Kinder verfolgen das Boot wild gestikulierend vom Ufer aus. Die Spur, die es hinterlässt, weitet sich aus und verliert sich allmählich unter den Büschen, die das Ufer säumen. Leise klatschen die letzten Ausläufer der Wellen an die Treppenstufen, die vor Bertel ins Wasser führen. Auch dies ist etwas Neues: Früher mussten sie beim Baden noch über den Uferrand klettern, wenn sie aus dem Wasser wollten. War das Erdreich aufgeweicht und durchnässt, rutschten sie oft ab und plumpsten in den See zurück.

Sie sieht ihre Schulfreunde, den Eisele-Günter und den Bremer-Rolf, die in schwarze Turnhosen gekleidet waren. Ihre weißen Achselhemden hängen in den Büschen, ihre Oberkörper sind nackt. Bis zu den Knien im Wasser stehend, versuchen die Kerle mit einem Stock, an dem eine gewöhnliche Schnur mit einem Wurm befestigt ist, ihr Glück beim Angeln. Von einem Rennboot, geschweige denn einem ferngesteuerten, haben sie nicht einmal geträumt.

Bertel muss Raum und Zeit vergessen haben. Als das Surren des Rennboots verstummt, schreckt sie auf und wirft einen Blick auf ihre Armbanduhr. »Der Erwin wird schon auf mich warten!« Sie macht sich auf, um jetzt endgültig nach Hause zu gehen. Nach Hause? Ein weiteres Mal wundert sie sich, wie leicht ihr dieses Wort über die Lippen geht.

Sie hat sich vorgenommen, nicht mehr die Hauptstraße entlangzugehen. Das Lindenwegle am Bach will sie nehmen. Ihre Schritte werden schneller, sie will ihren Bruder nicht unnötig lange warten lassen. Erst jetzt wird ihr wieder bewusst, weshalb sie eigentlich in ihr kleines Dorf gekommen ist: Sie wird zusammen mit ihrem Bruder Erwin den Hausstand ihrer Mutter auflösen und das Anwesen verkaufen. Dann wird sie wieder verschwinden und nie mehr an den Ort ihrer Kindheit zurückkehren. Sie wird wieder nach Amerika gehen, selbstverständlich, sie ist ja Amerikanerin, seit fast fünfzig Jahren schon. Dort ist ihre Heimat, dort lebt ihr Sohn mit seiner Familie.

Sie selbst hat eine kleine Wohnung in Montana. Für sie allein ist sie groß genug. Ihr Ehemann ist gestorben, bald nachdem sie geheiratet hatten. Trotzdem ist sie nicht einsam. Sie hat einige Freunde gewonnen. An eine Rückkehr in ihr schwäbisches Dorf, das wie ein Schwalbennest am Berg klebt, hat sie nie gedacht. Nur jetzt, da sie auf den Spuren ihrer Kindheit wandelt, überkommt sie eine Sehnsucht, wie sie sie bisher nie verspürt hat. Was wollen diese zwei Worte »zu Hause« ihr sagen, die sich da klammheimlich und verstohlen in ihre Gedanken einzunisten beginnen?

Bertel geht über die Brücke bei der Mühle und benutzt einen Trampelpfad, der zum Lindenwegle führt. Doch statt der ehemaligen Krautgärten direkt vor den Felswänden sind einige Häuser zu sehen; nein, einfache Häuser sind das nicht, es sind Villen! Das Lindenwegle selbst ist zu einer sauberen Asphaltstraße ausgebaut.

Akkurat angelegte Vorgärten sind zu sehen. Treppenstufen führen hinauf zu den Hauseingängen. Straße und Anwesen machen nicht den Eindruck, als sei man hier an einem kleinen Schwatz oder ein paar Scherzworten im Vorübergehen interessiert, so, wie es an der Straße durch den alten Ortskern früher üblich war.

Aus einer breiten Garageneinfahrt rollt ein Kleintraktor rückwärts auf die Straße. Der Fahrer, ein älterer Mann, stellt den Motor ab, erweist ihr mit einem freundlichen »Grüß Gott« die Reverenz und fragt: »Suchet Se ebbes?«

Anscheinend verirrt sich in diesen hintersten Winkel, wo die Welt am Steilhang der Alb aufhört, selten jemand. »Grüß Gott! Noi, ich gang spaziera!« Mit Verwunderung stellt sie fest, dass die schwäbischen Wörter wie von selbst über ihre Lippen kommen, als ob sie niemals anders gesprochen hätte. Auch das altvertraute »Grüß Gott« ist selbstverständlich. Jetzt wird ihr auch bewusst, dass sie schon seit heute früh, als die Frau beim Brunnen sie in der älblerischen Mundart angesprochen hatte, ihre Gedanken »uff schwäbisch« spazieren führt.

Mit einem »Ach so – also b'hüt Gott, no en schöna Tag!« wirft der Freizeit-Landwirt den

Motor wieder an und das kleine Traktorle tuckert langsam die Straße entlang, bis es auf dem steilen Weg, der zum Wald hinaufführt, verschwindet.

Die Straße wird schmaler und mündet in einen mit Gras bewachsenen Weg. Entlang dieses Weges sind die Gemüsegärten noch erhalten und nicht überbaut. Vor den Grundstücken, wo früher die Hausfrauen ihre Handwägelchen abgestellt hatten, stehen heute Autos. Auch sind alle Grundstücke eingezäunt und gleichen den Krautgärten von einst überhaupt nicht mehr. Farbenfrohe Kinderschaukeln und bunte Sonnenschirme leuchten zwischen den Bäumen hindurch. Kinderlachen und das gleichmäßige »Ping-Pong« eines Tischtennisballs ist zu hören. Der Duft von Gegrilltem liegt in der Luft.

In einiger Entfernung erblickt sie jetzt ihr Elternhaus. Beim Näherkommen sieht sie auch das Auto in der Einfahrt zur Scheune. Das wird Erwin sein, denkt sie, und ihr wird bewusst, dass der Nachmittag schon weit fortgeschritten ist und sie sich hoffnungslos verspätet hat.

Ihr Bruder Erwin erwartet sie schon recht ungeduldig. Ein halbes Menschenleben haben sie sich nicht gesehen. Sie begrüßen sich etwas unsicher, doch offensichtlich mit Freude. Als Bertel sich damals mit ihrem Kind von ihrem kleinen Bruder verabschiedete, während Bob ihre Koffer im hinteren Teil seines Jeeps verstaute, war das Lebewohl eher kühl ausgefallen.

Nun ist es Erwin, der ihren Koffer trägt. Er hat ihn, wie sie es vereinbart hatten, am Airline-Schalter auf dem Flughafen abgeholt.

Gemeinsam betreten sie das elterliche Haus. Jetzt, zusammen mit ihrem Bruder, bereitet ihr das keine Schwierigkeiten. Zunächst machen sie nur einen kleinen Rundgang, und langsam kommen sie sich dabei ein bisschen näher. Doch Erwin ist leider schon wieder auf dem Sprung. Der heutige Tag bringe noch einen unvorhergesehenen und unaufschiebbaren Termin mit sich, druckst Erwin herum. So versichern sie sich, einen der nächsten Tage für eine ausführliche, lang entbehrte Aussprache zu reservieren, und der Bruder lässt bald darauf die eben erst heimgekommene Schwester bedauernd zurück.

Endlich zu Hause

Am nächsten Morgen wird Bertel von Vogelgezwitscher geweckt. Es scheint, als hätten sich alle gefiederten Geschöpfe der Umgebung zusammengefunden, um die Tochter des Hauses zu begrüßen. Langsam erhebt sie sich von ihrem Lager, das sie sich am Abend auf dem alten Plüschsofa in der Wohnstube gerichtet hat.

Bertel öffnet die Flügel der kleinen Fenster und lehnt sich weit hinaus. Würziges Aroma von frisch gemähtem Gras steigt ihr in die Nase. Angenehme Stille herrscht rundum. Sie meint, jeden einzelnen Strauch begrüßen zu müssen. Auf dem Rasen direkt unter ihrem Fenster räkelt sich schnurrend ein schwarzes Kätzchen. Gestern hatte Bertel noch eine gewisse Scheu, ihr Elternhaus zu betreten, weil sie dachte, die Leere dieses alten Hauses würde sie erdrücken. Aber jetzt bewegt sie sich in den Räumen so, als ob sie nur ein paar Tage weg gewesen wäre. Wie selbstverständlich greift sie in der Küche unter die Spüle, um die emaillierte Waschschüssel hervorzuholen. Sie dreht den Wasserhahn auf – dank des Wasserboilers sprudelt es warm in die Schüssel. Es berührt sie merkwürdig, wenn sie daran denkt, dass es erst ein paar Wochen her ist, dass ihre Mutter noch in diesen Räumen gewirtschaftet hat.

Bertel kennt noch jeden Winkel im Haus. Sie schaut sich nach einer Kaffeemaschine um, findet jedoch nur den Kaffeefilter aus Porzellan. Also muss sie ihren Kaffee selbst aufbrühen. In der Porzellandose, die auf der kleinen Kommode schon seit eh und je ihren Platz hat, findet sie Frühstückszwieback. Gläser mit hausgemachter Erdbeermarmelade sind im Vorratsschrank. Über den Tisch im Garten, an dem schon die Ahne ihren Platz hatte, ist schnell eine helle Decke gelegt.

Sie denkt an ihre Mutter und die Ahne. Die beiden Frauen haben sich ein Leben lang überwiegend von diesem Stück Land hinter ihrem Haus ernährt. Und das soll es nun bald alles nicht mehr geben? Alles soll verkauft werden und für immer verschwinden? Sie kann sich das beim besten Willen nicht vorstellen. Zwar gibt es noch keine konkreten Pläne, doch ist sie hergekommen, um mit ihrem Bruder über den Verkauf des Hauses zu sprechen. So schnell wie möglich möchte sie wieder zurück in die Staaten. Merkwürdig, seit sie gestern früh an der Straßenkehre oberhalb des

Hauses aus dem Taxi gestiegen ist, hat sie noch keinen Gedanken an zu Hause verschwendet. Zu Hause? – Ist ihr Zuhause nicht hier in ihrem Elternhaus? Ist sie nicht im Grunde ihres Herzens ein Schwabenmädel geblieben?

Nachdem sie den Frühstückstisch wieder abgeräumt hat, überlegt sie, was heute noch ansteht. Aus dem Geräteschuppen holt sie sich den Liegestuhl, in dem schon ihre Ahne gelegen hatte, und stellt ihn unter einen Apfelbaum. Es kostet sie einige Mühe, das Monstrum aufzustellen. Der Holzrahmen muss mit einem kleinen Winkeleisen repariert worden sein und das Liegetuch scheint erneuert. Aber warum hat ihre Mutter nicht schon lange eine neue Liege angeschafft? Mit diesen Gedanken legt sie sich in den Stuhl und schaut durch die Äste des Baumes. Kleine Schäfchenwolken am blauen Himmel verleiten sie abermals zum Träumen: zu Hause! Ich bin wieder zu Hause!

Was bedeutet das kleine Wort »Zuhause«? Welche Gefühle und Bilder verbinden sich damit, welche Menschen sind es, die dem Wort Leben geben?

Andererseits: Tut sie ihren Lieben im fernen Amerika mit diesen Gedankengängen nicht unrecht? Vor allem ihrem verstorbenen Mann, der damals alles daran gesetzt hatte, seiner Frau, die aus Liebe zu ihm ihre Heimat verlassen hatte, das Gefühl von familiärer Geborgenheit zu geben. Sie weiß noch genau, wie dürftig ihr Abschied vom Dorf war, als »der Ami« sein »Fräulein« mitsamt dem Kind abholte. Die Straßen waren wie leer gefegt, niemand wünschte ihr eine gute Reise oder wenigstens Glück für ihr künftiges Leben in Amerika. Dabei bemerkte sie sehr wohl, wie sich die Gardinen an den Fenstern bewegten und wie sie beobachtet wurden, als das »Amiauto« durchs Dorf fuhr, das allerdings auch ganz und gar nicht zu den Misthaufen und den Bauerngärten passen wollte. Da hatte sie sich geschworen, nie mehr dorthin zurückzukehren, wo sie so viel Schmach erlitten hatte. Und nun? Nun sitzt sie im Garten ihres elterlichen Hauses, hin- und hergerissen zwischen zwei Welten, und ist im Begriff, eine davon für immer aufzugeben.

Sie sieht hinter ihren geschlossenen Augenlidern, wie in den letzten Tagen des Zweiten Weltkriegs deutsche Soldaten auf dem Rückzug an dem Haus vorüberkamen. Müde und deprimiert waren sie. Danach quälte sich ein amerikanischer Panzer durch den kleinen Ort. Wo die Straße zu eng war, walzte das Ungetüm einfach die Vorgärten der Häuser nieder. Beim Schäfer, dessen Schafstall mit einer Ecke in die Straße hineinreichte, riss das schwere Fahrzeug den niedrigen Anbau des Wohnhauses ein. Wie Mikadostäbe lagen die Balken des Schuppens kreuz und quer im Schutt.

Hinter dem Haus waren deutsche Soldaten zu sehen, die abseits der Hauptstraße über die Wiesen zogen. Müde und schlapp und ohne jede Führung schlichen sie zwischen den Büschen den Steilhang zur Hochfläche hinauf.

Durch die Ritzen der Fensterläden hindurch sah Bertel damals, wie amerikanische Soldaten durch die Staubwolke gingen, die der Panzer hinterlassen hatte. Ihr Anblick verwunderte sie. Sie waren braun gebrannt und gepflegt und wirkten in ihren Tarnanzügen ganz deplatziert, so, als kämen sie vom Mars. Sie bewegten sich behände und waren ohne jeglichen Ballast, ganz anders als die deutschen Landser mit ihren Gasmasken und schweren Anzügen. Es waren trainierte, sportliche Körper, die aus jeder Pore Überlegenheit ausstrahlten.

Zuerst ängstigte Bertel sich vor den Amerikanern. Vor allem vor den Farbigen in Uniform, die so ganz anders aussahen als der Mohr mit Baströckchen, den sie aus ihrem Bilderbuch kannte. Als aber ersichtlich war, dass keine Gefahr von diesen Exoten ausging, war sie es, die sich als einziges Mädchen zusammen mit zahlreichen Buben zu dem Panzer vorwagte. Das Ungetüm von Fahrzeug hatte oberhalb des letzten Hauses angehalten, und einige Dorfbewohner hatten sich um den Panzer geschart. Die Soldaten schauten erst mal vorsichtig aus dem Ausguck heraus, bevor sie ausstiegen. Mitten in dem Durcheinander stand der alte Lehrer Hornbach. Er war der Einzige, der sich mit den fremdsprachigen Militärs unterhalten konnte. Er war es auch, der dem Bürgermeister und dessen einzigem noch verbliebenen Gemeinderat die Anordnungen der Amerikaner ins Deutsche übersetzte.

Schlaftrunken erhebt sich Bertel jetzt aus dem Liegestuhl. Ihr Rücken ist steif und die Gelenke schmerzen. Es dauert eine ganze Weile, bis sie wieder aufrecht gehen kann. Sie schwört, sich niemals mehr in dieses Ding zu legen. Den restlichen Tag will sie im Haus und auf dem Bänkle im Garten zubringen. Zuvor muss sie aber noch einige Einkäufe tätigen.

Die ersten Nachkriegsjahre

Was Bertel und ihre Altersgenossen nach dem Krieg und dem totalen Chaos des Zusammenbruchs vermissten, waren die regelmäßigen Zusammenkünfte mit Gleichaltrigen, wie es bei der Hitlerjugend Brauch gewesen war. Im Obergeschoss des Schulhauses hatte sich »das Heim« befunden, ein Raum, in dem gesungen und gespielt wurde, aber durchaus auch gealbert, ganz so, wie bei den heutigen Jugendlichen auch. Vor allem aber fanden bei der Hitlerjugend militärische Schulungen statt, die als sehr beliebte Freizeitveranstaltungen getarnt waren.

War die Jugend während des Krieges organisiert gewesen, so hatte sie danach keinerlei Ziel mehr vor Augen. Orientierungslos ging vorerst jeder seines Weges. Statt des bei der Hitlerjugend erlebten Zusammengehörigkeitsgefühls gab es jetzt zwar Freiheit – mit der konnte aber vorerst niemand etwas anfangen. Am stärksten machten sich Frustration und Enttäuschung breit. Diese Enttäuschung kam daher, dass sich alles als verlogen und verloren herausstellte, wofür man bereit gewesen war, sein Leben einzusetzen.

Plötzlich gab es keine engen Freunde mehr. Man zog sich ins Familienleben zurück. Für die ältere Generation, die teilweise den Schwindel schon lange durchschaut hatte, war diese neue Situation eine Erlösung. Endlich keine feindlichen Flugzeuge mehr, die am Himmel über der Alb kreisten! Keine Sirenen mehr, die mit ihrem Heulen feindliche Luftangriffe ankündigten! Vorbei die Stunden bangen Wartens im Luftschutzbunker, bis es Entwarnung gab.

Die jungen Leute aber konnten mit dieser neuen und für sie ganz ungewohnten Freiheit noch nichts anfangen. So ist es verständlich, dass sich die Nachricht von der Wiedereröffnung des Lichtspieltheaters in der Stadt wie ein Lauffeuer verbreitete und auch in den kleinsten Dörfern im Umkreis schnell bekannt war. Vorerst waren es amerikanische Spielfilme mit deutschen Untertiteln, die dort gezeigt wurden. Viele Kilometer marschierten die jungen Leute nun an den Sonntagen, um einen Western oder einen Charlie-Chaplin-Film anzuschauen. Diese Filme zeigten ihnen eine Welt, die sie sich in ihren kühnsten Träumen so nicht hätten ausmalen können.

Die Landjugend erkannte bald, dass in der Stadt die Uhren anders gingen. Waren die Jungen und Mädchen zunächst nur für den Kinobesuch in die Stadt gegangen, so trauten sie sich mit der Zeit auch in die Nähe des einzigen nicht zerbombten Cafés. Hier verkehrten nur amerikanische Soldaten. Vor dem Lokal sammelten die Buben Zigarettenkippen, die von den Amis weggeworfen worden waren. Mit dem Tabak aus diesen Stummeln, der vorsichtig aus dem Papier gelöst wurde, betrieb man regen Tauschhandel. Die Zigarettenkippen waren harte Währung. Filterzigaretten, die bis zum letzten Rest Tabak gepafft werden können, gab es damals noch nicht; die Stummel ergaben oftmals eine reiche Ausbeute an Resttabak.

Allmählich knüpften die Halbwüchsigen Kontakte mit den Amerikanern und stellten fest, dass sie echte Kumpels sein konnten. Zwar sollten sie unter sich und ihre Vergnügungsstätten für Deutsche verschlossen bleiben, zum fröhlichen Feiern aber luden die Soldaten oft deutsche Fräuleins ein, dies wurde stillschweigend geduldet.

Bertel begegnet ihrer großen Liebe

An einem Sonntagnachmittag im Jahr 1949 wurde Bertel von Ella, einer Kollegin aus der Schneiderei, die ihr inzwischen zur Freundin geworden war, überredet, mit ins Tanzcafé in die Stadt zu kommen. Eigentlich war das Café noch immer von den Amerikanern in Beschlag genommen. Doch Ellas Vater war ein einflussreicher Sparkassendirektor, der geschäftliche wie auch private Verbindungen zu den Besatzern pflegte. So kam diese Einladung an die Tochter zu Stande.

Anders als ihre Freundin Ella trat Bertel verschüchtert in das Lokal. Ella ging zielstrebig auf eine kleine Nische zu, in der zwei Amerikaner in schmucker Ausgehuniform saßen. Dass sie erwartet wurden, merkte Bertel daran, dass die beiden jungen Männer auf sie zukamen und sie herzlich begrüßten, als wären sie schon längst alte Freunde. Weil sie beide nur wenig Englisch konnten, bestritten hauptsächlich die GIs die Unterhaltung, und die Mädchen antworteten nur mit ein paar Brocken. Dieses Kauderwelsch amüsierte die Soldaten sehr, das sah Bertel an ihrem Lächeln. Sie selbst war unsicher und ständig darauf bedacht, die von der Ahne kunstvoll gestopften Ärmel ihres Wollkleides zu verstecken.

Eine gewisse Scheu hatte Bertel auch davor, sich von den Soldaten über die Tanzfläche wirbeln zu lassen. Was für eine verrückte Tanzkultur hatten doch diese Amerikaner! Solche Unbekümmertheit war der deutschen Jugend absolut fremd. Doch auch diese Hürde war recht bald überwunden. Bob, so hieß der GI, der offensichtlich an ihr Gefallen gefunden hatte, zog »Börta« einfach am Arm auf die Tanzfläche. Es erschien ihr sehr merkwürdig, dass man eine Dame nicht um einen Tanz bat, sondern sie ungefragt auf die Tanzfläche zerrte.

1947, bald nach ihrer Schulentlassung, hatte Bertel mit ihrem Schulfreund Hermann einen Tanzkurs gemacht. Im Lammsaal hatte ein alter Kriegsveteran Tanzstunden gegeben, die mit Naturalien bezahlt werden mussten. Hermanns Eltern waren wohlhabend und einflussreich, und so konnte er den Kurs für sie beide mit Nahrungsmitteln wie etwa Salatöl oder Mehl bezahlen. Hermann hatte auch während des Krieges nicht hungern müssen.

Was hatte der alte Tanzlehrer nicht alles in Sachen Benimm gelehrt – sehr im Gegensatz zu dem lockeren Verhalten dieser Amerikaner! Und die Regelschritte, die sie bei dem »alten Krieger« gelernt hatten, halfen ihr hier herzlich wenig. Der GI schien allerdings ihre Gedanken zu erraten und hielt sich zurück. Vorsichtig führte er sie übers Parkett an den anderen Paaren vorbei, die auf der Tanzfläche wild und fast akrobatisch zu Jazzmusik tanzten.

Als sie wieder am Tisch saßen, deutete Bertel auf ihre klobigen Schnürschuhe und sie lachten beide aus vollem Hals. Das Eis war gebrochen. An diesem Abend tanzten sie nicht mehr. So saßen sie alleine am Tisch, während sich Ella und ihr Kavalier auf dem Parkett tummelten. Lieber Himmel, wie konnte ihre Freundin Ella doch ausgelassen tanzen! Es war eine Freude, den beiden bei ihren tanzsportlichen Einlagen zuzuschauen. Ella war eine schöne Frau, und ein Traum von Kleid zierte ihren schlanken Körper.

Erst jetzt wurde Bertel klar, wie naiv sie gewesen war, sich mit ihrem alten Wollkleid hierher zu wagen. Hübsch war sie zwar ebenfalls, doch in dieser Umgebung fühlte sie sich völlig fehl am

Platz und machte sich mit ihrer Kleidung selbst zur Gänseliesel vom Dorf.

Doch merkwürdigerweise schien sich Bob an ihrem Aussehen nicht zu stören. Behutsam legte er seinen Arm um sie. Es geschah so unauffällig, dass sie gar nicht dazu kam zu protestieren. Und wenn, hätte sie dies überhaupt gewollt? Schwer zu sagen. Doch als sie den Atem des sportlichen Mannsbilds an ihrem Hals spürte, überlief es sie heiß und eiskalt und sie wurde stocksteif. Nein, das durfte nicht sein. Diesen Mann hatte sie bis vor wenigen Stunden doch noch nicht einmal gekannt. Sie konnte sich doch nicht mit Haut und Haaren einem Wildfremden ausliefern. Sie, die beiden Freundinnen, wollten doch nur einen netten Abend miteinander verbringen, dachte sie. Dass dieses Luder Ella genau gewusst hatte, was mit ihrer hübschen jungen Freundin geschehen würde, wenn sie auch nur einen Schritt in dieses Lokal setzte, wurde ihr erst später klar. Doch konnte sie ihr deshalb böse sein?

Unwillkürlich dachte sie an den jungen Schreiner Hermann, den sie heiraten wollte, nachdem er sie mit noch kindlichem Ungestüm geküsst hatte. Damals hatte sie in ihrer Einfalt gedacht, das sei die Liebe. Dass es noch etwas anderes gibt, was zwei Menschen glücklich machen kann, begann sie nun zu ahnen. Sie spürte plötzlich »Schmetterlinge im Bauch« und wünschte sich, dieser Abend würde niemals enden.

Doch als ihr jetzt die Großmutter und die Mutter einfielen, erwachte sie schlagartig aus ihrer Träumerei. Sie begann, handfeste Pläne zu schmieden: So nahm sie sich fest vor, am nächsten Sonntag mit einem ebenso schönen Kleid, wie es die Ella hatte, zum Tanz zu gehen. Eine Idee, wie sie an den Stoff kommen könnte, hatte sie auch schon: Das Brautkleid ihrer Mutter hing in einem Schrank auf dem Dachboden, eingepackt in eine Schutzhülle. Wenn sie die Mutter nur inständig genug darum bat, dieses einfärben zu dürfen, so könnte daraus ein schönes Tanzkleid werden. Sogar die Spitzenborten dazu hatte sie schon in Gedanken ausgesucht, die wollte sie an ihrem Arbeitsplatz in der Näherei abzwacken.

Ella und ihr Freund kamen an den Tisch zurück und drängten zum Aufbruch. Plötzlich war Bertel wieder ganz in der Gegenwart. Natürlich war die Zeit der Ausgangssperre bereits angebrochen. Ellas Freund, der im Rang höher zu stehen schien als Bob, machte noch einen Umweg, um Bertel in seinem Jeep nach Hause zu kutschieren.

Am Dorfeingang bat sie ihn, anzuhalten. Sie erklärte, sie wolle allein zu Fuß weitergehen, doch Bob begleitete Bertel bis zu ihrem Elternhaus und versprach ihr, am nächsten Sonntag im Café wieder auf sie zu warten. Ein Abschiedskuss unter klarem Sternenhimmel ließ sie die Welt um sie herum vergessen.

Viel zu spät kam Bertel nach Hause. Mutter und Ahne fielen beide über sie her. Sie schrien sie an, welche Angst sie wegen ihres Ausbleibens ausgestanden hätten. Die Mutter wollte sie sogar ohrfeigen. Das allerdings konnte die Ahne nicht dulden und stellte sich schützend vor das Mädchen. Jetzt wurde plötzlich Mutter Hedwig von der Ahne angeklagt: »Versündige dich nicht an deinem Kind!«, so schalt sie und Bertel war überrascht und froh, dass die Ahne zu ihr hielt. Zum Glück ahnte keine der beiden Frauen, wo Bertel an diesem Abend wirklich gesteckt hatte. Sie gaben sich mit einer Ausrede zufrieden, die Bertel nun immer öfter gebrauchen sollte: Sie sei bei ihrer Freundin gewesen, deren Vater der Chef der Spar- und Darlehenskasse sei. Wohl wissend, dass sie die beiden Frauen nicht ewig würde täuschen können, malte sie die imaginären abendlichen Besuche im Hause des Bankdirektors in den schönsten Farben aus. Sie lobte den besonders gepflegten Umgang im Hause ihrer Freundin. Wie um das noch fehlende Tüpfelchen aufs i zu setzen, erzählte sie noch, dass auch diese Familie ein Zimmer an Flüchtlinge habe abtreten müssen, sich aber daran nicht besonders störe, da sich dieses Zimmer ohnehin im Dachgeschoss befinde und in besseren Zeiten für Dienstboten bestimmt gewesen sei. Das imponierte den beiden Frauen natürlich.

Und so ahnte zunächst niemand, wo Bertel in den Abendstunden wirklich war. Nicht im Entferntesten hätten sie gedacht, dass ihre Bertel vom Pfad der Tugend schon sehr weit abgekommen war. Denn erstens war sie noch in der Lehre und zweitens viel zu jung, um schon eine Liebschaft zu haben. Mutter und Ahne lebten immer noch im Schatten zweier verlorener Kriege, während ihr Mädel schon längst die Sonnenseite des Lebens kennen und lieben lernte.

So konnte Bertel also zunächst die Stunden mit ihrem neuen Freund ungestört genießen. Ihren Schulfreund Hermann, ihre erste Liebe, ließ sie immer öfter warten, bis sie ihm eines Abends auf dem Heimweg begegnete. Es sah aus, als habe er auf sie gewartet. Sie musste ihm erklären, dass es aus sei mit ihnen beiden, was er nicht so recht begreifen konnte. Ihm, dem reichen Hermann, gab ein Mädchen den Laufpass! Das musste er erst einmal verdauen. Für Hermanns Eltern, die die beiden schon als Brautpaar gesehen hatten, war das ein Grund, schon bald mit harten Worten über Bertel und ihren »Ami« herzuziehen.

Während sich ihre Freundinnen weiterhin im Lammsaal auf einem knarrenden Dielenboden in die Kunst der Tanzschritte einweisen ließen, vergnügte sich Bertel mit ihrem Bob bei Jazzmusik und atemberaubenden Rhythmen auf spiegelglatter Tanzfläche. Welche Gegensätze! Es lagen Welten zwischen der amerikanischen Unbekümmertheit und der deutschen Schwerfälligkeit. Mit ihrem amerikanischen Freund konnte Bertel in eine Welt eintauchen, die für sie voller Wunder war. Sehr schnell lernte sie den Luxus kennen und genießen. Fast kam ihr ihre Gier nach Luxusgütern sündhaft vor. Wenn sie nur an ihre Mutter und ihre Ahne dachte, die ein Leben lang schwarz gekleidet waren und über viele Jahre hinweg nur einen Wintermantel und eine Sommerjacke hatten. Oder an ihren Bruder Erwin, der in seinem Konfirmationshemd, viel zu kurzen Hosen und mit einem altmodischen Binder beim ersten Tanzball erschien. Doch weil jeder, sogar der Hermann, solche abgeänderten Anzüge trug, fiel dies nicht als ungewöhnlich auf. Nur im Nachhinein ist es komisch, damals jedenfalls trug jeder, was er hatte, und Modediktatur war ein Fremdwort. Wie anders traten doch die amerikanischen Freunde auf! Makellos ihre Kleidung, gepflegt, ungescheitelt und kurz ihr Haarschnitt. Sie waren gewandt und unkompliziert und von einem Hauch von herbem Männerparfüm, Rasierwasser und Tabak umhüllt.

Erwin war es dann, der eines Tages die Bombe platzen ließ. Er sah seine Schwester in einem offenen Ami-Jeep, der durch die Straßen der Stadt fegte. Ihre Haare wehten im Wind, während das Fahrzeug mit hohem Tempo über das Kopfsteinpflaster holperte. Allerdings nicht schnell genug, als dass man die Insassen nicht hätte erkennen können.

Zu Hause gab es natürlich einen Aufstand. Zum ersten Mal erlebte das bisher so ruhige Haus lautes Geschrei und Wutausbrüche. Eine Schande für die Familie sei das, vor dem ganzen Dorf sei man bloßgestellt und blamiert, schrie die Mutter. Und gelogen habe sie auch, und wie sie nun mit ihrer Gutgläubigkeit eigentlich dastehe vor den Nachbarn und allen anderen? So etwas hätte sie von ihrer Tochter nie gedacht und wenn sie jetzt nicht gerade in der Lehre wäre, sie würde sie hochkant aus dem Haus jagen, dann könne sie ja zu ihrem Ami nach Amerika gehen. Dafür habe man nun all die Jahre gekämpft und sich die letzten Bissen vom Mund abgespart, dass die eigene Tochter mit einem hergelaufenen Soldaten herumziehe ...

Schon bei diesem Streit war es die Ahne, die schlichtete und Partei für das Mädel ergriff. Die Ahne hielt der Mutter einfach deren eigene Jugend vor, die auch nicht immer in geraden Bahnen verlaufen sei. Wenn sie da nur an die heimlichen Zusammentreffen mit dem schönen Hilfsarbeiter Wilmar denke, hinten beim Mühlenweiher, der sie dann doch nicht geheiratet habe. Der fühlte sich dem Reichtum der einzigen Tochter vom Bachbauern mehr zugetan. Ob sie sich damals vielleicht etwas habe dreinreden lassen? Solche »Flausen«, wie die Ahne es nannte, habe doch jedes junge Mädchen im Kopf und es müsse jeder letztendlich seine eigenen Erfahrungen machen, um klüger zu werden. Natürlich würde die Geschichte dadurch nicht einfacher, dass der Auserwählte ausgerechnet ein Angehöriger der Besatzungsmacht sei. Ihre Hörner aber müsse sich die Bertel am Ende doch selbst abstoßen, dabei könne keine Mutter und keine Ahne helfen. Dass sie insgeheim hoffte, das Problem werde sich von selbst lösen, wenn der GI in sein Heimatland zurückversetzt werde, äußerte sie nicht laut.

Bertel wunderte sich. Nicht nur, dass diese Großherzigkeit der Ahne sie fast beschämte. Sie staunte auch über das Vorleben ihrer Mutter, hatte man doch von einem Herrn Wilmar bisher noch nie etwas gehört. Und dann sollten da gar noch andere Liebschaften bestanden haben! Nein, das war ja das Allerneueste.

Was allerdings die heimlichen Hoffnungen der Ahne auf eine Lösung des Problems betraf, so gingen sie zunächst nicht in Erfüllung. Im Gegenteil, Bertel, das deutsche »Fräulein«, und ihr Bob strebten tatsächlich eine feste Beziehung an. Eigentlich war das bei den GIs nicht üblich. Die meisten wollten lieber ungebunden sein. Als Berufssoldaten, wie sie es waren, mussten sie ja auch jeden Tag mit einer Versetzung rechnen.

Nach einiger Zeit holte Bob seine Bertel sogar zu Hause ab, was natürlich für neuen Gesprächsstoff im Ort sorgte. Die Dorfbewohner rümpften ihre Nasen. Sprüche wie »Hochmut kommt vor dem Fall« waren zu hören, doch Bertel konnte sich im Neid der anderen sonnen.

Sie hatte als erste feine Nylons an den Beinen und besaß bunte Stoffe für ihre Kleider, an die »gewöhnliche Sterbliche« nicht so leicht herankommen konnten. Waren die Damenblusen bis dato eher züchtig weit geschnitten, so konnte Bertel sich jetzt hautenge Kleider und Blusen selbst schneidern, was ihre Schönheit noch unterstrich. Auch herrschte zu Hause keine Not mehr, denn vom Waschpulver über Feinseifen und Shampoo bis hin zu Bohnenkaffee und Schokolade war alles vorhanden. Schon die Verpackung der Lebensmittel in Konservendosen, die einfach in den Müll geworfen wurden, war neu. All dies versöhnte Mutter und Großmutter im Laufe der Zeit mit Bertels »Geschichte«, wie sie das Verhältnis nannten, und sie begannen, aus der Not eine Tugend zu machen.

Mit der Zeit holte die Nachkriegsjugend in Sachen Vergnügen und Fröhlichkeit auf. Von den Amerikanern angesteckt, fanden nun auch junge Deutsche Gefallen an der Jazzmusik. Sie wollten nicht mehr länger abseits stehen. Ihr jugendliches Ungestüm brach wieder durch und fand im »Schwof« ein Ventil. Schon bald spielte die erste deutsche Jazzkapelle zum Tanz auf. Auch erstes Profitstreben machte sich breit. Aus dem gediegenen Caféhaus eines Konditors wurde ein Tanzcafé. Bald hießen die Cafés auch nicht mehr nur Café, sondern verrucht »Maxim« oder »Blaues Haus«. Die Jugend zog scharenweise über Land, nur um am Sonntagnachmittag für ein paar Stunden zu tanzen. Die jungen Leute, gerade erst den Kriegswirren entkommen, hungerten danach, sich ohne Einschränkungen bewegen zu können.

Schon längst hatte Bertel auch mit Bobs Freundeskreis Bekanntschaft geschlossen. Während ihre Freundinnen kilometerlange Fußwege auf sich nahmen, nur um ein Kino zu besuchen oder ein Tanzvergnügen zu erleben, holte Bob sein deutsches Fräulein auch schon mal mit einem schicken »Amischlitten« im Dorf ab, den er sich von einem Freund ausgeliehen hatte. Noch ahnten sie nicht, dass ihre gemeinsamen Tage gezählt waren. Die Sonntage waren angefüllt mit Unterhaltung, Tanz, Schäkerei, Liebesgeflüster und – zu fortgeschrittener Stunde – Schmusereien in dunklen Ecken. Bertel lernte dabei immer mehr Englisch und Bob erlernte von ihr deutsche

Brocken, die er mit seinem kehligen Akzent eifrig nachsprach: »Wurstel«, »Sohrkraot«, »route Ruben«, »kussen«.

An einem Sonntagabend vergaßen sie beim Tanzen so sehr die Zeit, dass Bobs Kameraden längst schon das Lokal verlassen hatten. Der Freund mit seinem Auto war ebenfalls schon gegangen. Nach einigem Hin und Her entschloss sich Bob, seinen Jeep zu holen, der eigentlich außerhalb des Dienstes nicht gefahren werden durfte. Unbehelligt kam er durch das Tor der Kaserne, die Wache hatte kurz »weggeschaut«. Doch das Glück war ihnen nicht hold.

Unterwegs gerieten sie in eine Kontrolle der Militärpolizei. Mit hoher Geschwindigkeit raste Bob an den Militärs vorbei. Bei der nun beginnenden Verfolgungsjagd lenkte er sein Fahrzeug in einen Feldweg und kam mitten auf einer Obstwiese zum Stehen. Drei schwere Militärfahrzeuge durchackerten die Wiese und kreisten das »Fluchtauto« ein. Wie ein Schwerverbrecher wurde Bob in Handschellen abgeführt. Erstmals wurde Bertel bewusst, welch strengen Regeln die Soldaten unterworfen waren. Da stand nun ihr Angebeteter mit gefesselten Händen und sah wie ein Häufchen Elend aus. Bertel wurde, nachdem ihre

Personalien aufgenommen waren, nach Hause gebracht. Ihren Bob durfte sie nur noch einmal sprechen, dann wurde er in eine Einheit versetzt, die im Rahmen einer Mission der Vereinten Nationen in Korea stationiert war. Es sollten einige Wochen vergehen, ehe er sich aus Fernost meldete. Der Wachmann, der beide Augen zugedrückt hatte, erhielt dieselbe Strafe.

Wie aus einem tiefen Traum erwachend erhebt Bertel sich von dem Liegestuhl, in den sie sich wider besseres Wissen doch wieder gesetzt hat. Ihre Glieder sind steif geworden auf dem alten, unbequemen Möbel und schmerzen. Doch nicht nur auf die Liege führt sie ihr Missbehagen zurück. Schuld sind auch diese Erinnerungen, mit denen sie sich jetzt konfrontiert sieht.

Großvaters Mostkrügle oder: Die gestohlenen Weihnachtsbrötle

Bertel hat sich eigentlich entschlossen, auch den Abend im Garten zu verbringen. Dann aber wird es recht bald ungemütlich kühl und Bertel zieht sich mit einer dicken Daunendecke auf die Couch in der »guten Stube« zurück. Für morgen erwartet sie ihren Bruder, um mit ihm über das Erbe zu sprechen.

Als sie Durst verspürt, geht Bertel in die Küche, um etwas anderes zu trinken zu suchen als Kaffee, Leitungswasser oder Cola, von dem sie am Nachmittag einige Dosen besorgt hatte. Das Glastürle des Küchenschranks quietscht wie eh und je. Merkwürdig – woran sie sich nicht alles erinnert! Seit ihrer Ankunft zieht sie Vergleiche zwischen damals und heute. So bleibt es auch nicht aus, dass sogar der Schlüssel des Küchenschranks alte Erinnerungen weckt. Erinnerungen an eine Zeit, in der sie viel entbehren mussten.

Anders als die Bauern, die Vieh und Land hatten und sich weitgehend selbst versorgen konnten, waren sie trotz ihres großen Gartens noch auf die staatlich zugeteilten Lebensmittelmarken angewiesen. Zwar mussten sie keinen Hunger leiden, denn der Garten, den die beiden Frauen mit Hingabe bewirtschafteten, lieferte Kartoffeln, Gemüse und Salat, Äpfel, Zwetschgen und allerlei Beeren. Zudem hielten sie Hühner und eine Ziege. Doch die Witwenrenten der Mutter und der Ahne waren äußerst dürftig, und die Lebensmittelmarken waren ja keine Gutscheine, sondern berechtigten nur zum Kauf – bezahlen musste man trotzdem, wenn man Mehl, Kuhmilch, Butter oder gar ein Stück Siedfleisch haben wollte.

Allzu oft war es nötig, Eier oder sogar eine Henne einzutauschen gegen Schulhefte, Nägel, Seife, Schuhsohlen oder ein Stück Stoff. Deswegen waren die Portionen immer sehr knapp bemessen und wurden von der Mutter sorgfältig eingeteilt.

Der kleine Erwin hatte ständig Hunger, und das, obwohl er beim Essen die größten Brocken zugeteilt bekam.

»Buben müssen groß und kräftig werden«, so erklärte die Mutter immer wieder. Die Ahne steckte ihm schon während des Kochens eine warme Pellkartoffel zu, bestrichen mit Butter, die sie sich vom Munde absparte.

»Was der Kerl in sich hineinfuttern kann, obwohl er noch so klein ist«, maulte Bertel vor sich hin, und Mutter meinte lächelnd: »Er braucht's, er ist doch im Wachsen.«

Dies alles spukt in Bertels Kopf herum, als sie da so steht, mit dem kleinen Schrankschlüssel in der Hand und das Marmeladeglas im Blick. Sie sieht sich und Erwin, wie sie als Kinder nachmittags auf der steinernen Treppe sitzen, die zum Garten führt. Beide haben sie eine Scheibe Brot in der Hand, die mit Marmelade bestrichen ist.

Noch etwas ist ihr in Erinnerung geblieben. An einem Abend Ende November waren Mutter und Ahne bei den Nachbarn gewesen. Mit Handarbeiten verbrachten damals die Frauen gemeinsam die dunklen Herbst- und Winterabende. Solche Karzabende, wie sie genannt wurden, waren aus der Not geboren, denn so musste nur ein Wohnzimmer geheizt werden und es wurde nur für eine Lampe Strom benötigt.

Während die Frauen also im Nachbarhaus waren, lagen die Kinder in dem kleinen Zimmerchen in ihren vorgewärmten Betten. Erwin war an diesem Abend auf Mutter und Ahne nicht gerade gut zu sprechen. Sie hatten ihn kräftig ausgezankt, weil er mit zerrissenem Hosenboden nach Hause gekommen war. Es war seine beste – nein: seine einzige Schulhose gewesen. Erwins Abendessensportion war halbiert worden, denn »solche Bengels müssen bestraft werden«, schimpfte die Mutter. »Was hast du dir dabei gedacht, wo soll ich jetzt so schnell eine neue Hose für dich herbekommen?«

Die Ahne brachte wieder ein wenig Ordnung in das Geschehen. »Komm«, sagte sie zu dem »Saukerle«, wie ihn die Mutter titulierte, und zog ihn mit ins Schlafzimmer. Dort musste der Bub die Sonntagshose von seinem Ähne anprobieren. »Ich verspreche, dass dir das gute Stück morgen früh passt!« Sie bat die Nachbarin, ihr beim Abnähen der Hose behilflich zu sein, denn die hatte eine Tretnähmaschine und konnte sie auch perfekt bedienen.

Erwin schluchzte noch, als er schon lange in seinem Bett lag. Leise flüsterte ihm Berte in der Dunkelheit tröstende Worte zu. Doch davon wurde sein Schluchzen nur noch schlimmer. Als er sich nach einer Weile doch beruhigte und nur noch ein leises Wimmern zu hören war, musste sie eingeschlafen sein. Vorsichtiges Zupfen an ihrer Bettdecke ließ sie aber bald wieder hochschrecken. Aus schläfrigen Augen sah sie Erwin in seinem kurzen Nachthemdchen barfuß vor ihrem Bett stehen. Leise, als ob er Böses fürchte, flüsterte er ihr zu: »Ich hab so argen Hunger!«

Wut stieg in der kleinen Berte hoch, sie schlug ihre Decke zurück und sprang mit einem Satz aus dem Bett. Im hellen Mondschein tasteten sich die beiden Kinder Hand in Hand zur Küche. Energisch zog das Mädchen einen Küchenhocker an den Schrank und wollte das Glastürle öffnen, doch der Schlüssel steckte nicht an seinem angestammten Platz. Mutig zog sie sich an dem Schrank hoch und konnte dann, auf Zehenspitzen stehend, den Schlüssel von der oberen Abdeckplatte angeln, wo sie ihn vermutet hatte. Während sie sich noch darüber wunderte, warum der Schrank abgeschlossen war, drehte sie auch schon den Schlüssel im Schloss und sah hinter der Milchglasscheibe eine Keksdose stehen. Mit einiger Mühe wuchteten die Kinder den Deckel auf, und augenblicklich strahlte Erwins Gesicht mit dem Mond vor dem Fenster um die Wette. Keine Spur mehr von Frieren und Hungern. Genüsslich machten sich die beiden über Mutters erste Weihnachtsplätzchen her, die eigentlich für die bevorstehende Adventszeit gedacht waren. Was die Mutter bewegte, als sie die Untat entdeckte, haben die beiden nie erfahren. Das Donnerwetter, das Bertel natürlich befürchtet hatte, blieb aus. Am ersten Advent standen frisch gebackene Brötle auf dem Tisch, neben einem wunderschön geschmückten Adventskranz. Wahrscheinlich hatte die Mutter doch bedauert, den kleinen Erwin hungrig ins Bett geschickt zu haben.

An all dies muss Bertel denken, als sie jetzt nach so vielen Jahren vor dem Küchenschrank steht. Als sie dann auch noch das Mostkrügle entdeckt, mit dem schon ihr Großvater seinen so sehr geliebten Most vom Fass geholt hat, bekommt sie Verlangen nach einem Glas des verdünnten Apfel-Birnen-Weins. Für die Ahne und auch für die Mutter war dieser Most einstmals der Abendtrunk schlechthin. Er durfte auf keinem Vespertisch fehlen. Für Bertel ist ein solches Mostkrügle der Inbegriff von Heimat überhaupt, denn einen schwäbischen Mostkrug gibt es auf der ganzen Welt nicht noch einmal. Sie sieht förmlich den gusseisernen Ofen in der Stube und hört das Summen von leise siedendem Wasser im Emailletopf, worin der Mostkrug aus Steingut im Winter zum Anwärmen stand.

Mit dem Krügle in der Hand macht sie sich jetzt auf den Weg in den Keller. Ach, alles ist noch so, als ob sie niemals weg gewesen wäre. Der Lichtschalter, der oben an der Kellertüre angebracht ist, macht beim Andrehen immer noch dasselbe laute Klack, wie sie es aus ihrer Kindheit kennt. Sie hatte schon ganz vergessen, dass es auch Schalter zum Drehen gibt. Ihr fällt auf, dass die Holztreppe zum Vorplatz der Kellerräume vor kurzem gebohnert worden sein muss. Der aufdringliche Geruch des Bohnerwachses steigt ihr in die Nase. Was sie dann jedoch völlig verwirrt, ist die Tatsache, dass sie außer einigen Einweckgläsern und Kartoffeln nichts mehr vorfindet, was einstmals in den Keller eines Bauernhauses gehörte. Keine Apfelhurde, keine Krautstande, nichts. Verschwunden sind die hängenden »Brittla«, die Bretter, auf denen man das duftende, frisch gebackene Brot vor den Mäusen in Sicherheit brachte. Leer ist der Platz, an dem einmal vier Mostfässer gestanden hatten.

Wehmut überkommt sie ganz plötzlich. Sie setzt sich auf das hölzerne Fasslager, und die Tränen strömen ihr über die Wangen. Dann erinnert sie sich, dass ihr die Mutter einmal geschrieben hat, Erwin habe die Mostfässer samt den landwirtschaftlichen Geräten in sein neues Haus mitgenommen. Er kümmere sich mit seinen Söhnen um die zwei Obstwiesen, die jedes Jahr das Obst für den Most liefern. Sie selbst trinke jetzt gerne mal ein Weinschorle, im Gegensatz zur Ahne, die bis zuletzt täglich ihr Gläschen Most getrunken habe. Und richtig, Bertels Blick fällt auf ein Regal, in dem Weinflaschen lagern. Mechanisch greift sie nach einer Flasche und geht wieder nach oben. In der Stube holt sie sich ein Weinglas. Hier steht ja noch jedes Möbelstück an seinem angestammten Platz, so wie damals, als sie ihre Heimat verlassen hat. Schon ist sie wieder versöhnt mit der Welt.

Bertel in Amerika

Wieder in der »guten Stube« sitzend, denkt Bertel über ihr »zweites Leben« in Amerika nach. 1953, als sie mit ihrem Robertle und dem großen Bob – der ebenfalls auf den Namen Robert getauft war – in dessen Elternhaus in Montana angekommen war, hatte sie gleich gespürt, dass dies nicht der Ort sein würde, an dem sie künftig leben wollte. Trotzdem richteten sie sich im Obergeschoss des großzügigen Hauses erst einmal ihr Schlafzimmer ein.

Mit der Hilfe seiner Eltern organisierte Bob eine Traumhochzeit. Wie eine Prinzessin aus dem Märchenbuch sah sie auf den Fotografien aus, die sie voller Stolz ihren Lieben in der Heimat geschickt hatte. In einer chromblitzenden Limousine fuhr sie mit ihrem Schwiegervater an der Kirche vor. Es folgte eine Feier mit fast zweihundert Gästen. Nie und nimmer wäre ein solches Fest in dem kleinen Dörfle am Rande der Schwäbischen Alb möglich gewesen! Eine Mutter mit dreijährigem Kind hätte in Schwaben zu dieser Zeit niemals in einem weißen Brautkleid zum Traugottesdienst erscheinen können. Dafür sorgten schon die Kirchengemeinderäte im Auftrag der Pfarrei.

Doch nicht nur die Trauung, auch die Feierlichkeiten in Bobs Elternhaus waren traumhaft schön. Die Fotografien von der Märchenhochzeit mit dem schicken Auto ließen Bertel in der schwäbischen Heimat als reiche, verwöhnte Frau erscheinen. Viel Post kam danach ohnehin nicht mehr von ihr, und es hatte den Anschein, als läge ihr nicht mehr viel an ihrem Elternhaus.

Bob musste bald wieder an die Front zurück, nach Korea. Bertel blieb mit dem Kind allein in der Fremde, in einem Haus, das ihr immer mehr verleidet war. Ihre Schwiegereltern misstrauten ihr. Auf Schritt und Tritt wurde sie beobachtet. Sogar nach dem Einkaufen musste sie pünktlich wieder zu Hause sein. Ganz zu schweigen davon, dass ihr irgendwelche Vergnügungen nicht gestattet waren. Freunde zu finden war schwer für sie, weil sie die Sprache noch nicht perfekt beherrschte. Sie konnte den Tag kaum erwarten, an dem ihr Mann für immer heimkommen und im zivilen Berufsleben Fuß fassen würde. Die längste Zeit seiner Pflichtjahre war abgelaufen. Es war nur noch eine Frage der Zeit, bis ihr Bob wieder bei seiner Familie sein würde. Doch die Wünsche, die das

Paar an das Leben hatte, gingen nicht in Erfüllung. Alles kam ganz anders als geplant.

Die Todesnachricht traf Bertel und die Schwiegereltern wie ein Blitz: Bob war an einem der letzten Kriegstage in Korea im Gefecht gefallen. Die Verzweiflung übermannte Bertel und sie fühlte sich doppelt einsam in dem fremden Land. Die Schwiegereltern wurden immer wortkarger. Sie rieten ihr, doch wieder nach Deutschland zurückzugehen. Für das Wohl des Kindes, das natürlich bei ihnen bleiben sollte, würden sie sorgen. Ihr Enkelsohn könne einmal ihr Erbe antreten. Er könne hier eine Ausbildung erhalten, wie sie in Deutschland nicht möglich wäre. Sie würden sich auch bemühen, dass sie eine Abfindung als Kriegswitwe bekomme. Die sei natürlich nicht so üppig, dass man davon gut leben könne, dazu seien sie nicht lange genug verheiratet gewesen.

Noch in derselben Nacht beschloss Bertel zu fliehen. Ihr gesamtes Hab und Gut war in kürzester Zeit verpackt. Am Morgen bestellte sie ein Taxi und verließ mit ihrem Sohn Hals über Kopf das Haus.

Erst einmal mietete sie in einem billigen Hotel ein Zimmer. Ihr Geld reichte gerade für einige Wochen, also musste sie schnell eine Arbeit suchen. Sie wollte viel Geld verdienen, um möglichst bald ihre Heimreise antreten zu können. Da kam ihr der Zufall zu Hilfe. Weil das Robertle eines Nachts Fieber bekam, machte sie sich am nächsten Tag auf die Suche nach einem Arzt und fand in einer kleinen Kinderklinik Hilfe. Während das kranke Kind versorgt wurde, erfuhr Bertel im Gespräch mit dem behandelnden Arzt, dass die beiden Chefärzte der Klinik, ein Ehepaar, für ihre beiden Söhne eine Hausdame und Betreuerin suchten. Sofort nahm sie mit dem Arztehepaar Kontakt auf und man war sich schnell einig. Mit der gewissenhaften »Börta«, wie auch sie ihre Perle nannten, bekamen die beiden Buben eine deutsche Ziehmutter, und gleichzeitig fand der kleine Robert in dem Ehepaar liebevolle Ersatzeltern. Er wuchs ihnen mit der Zeit so ans Herz, dass eine Abreise undenkbar gewesen wäre. Seine schulische Ausbildung wollten sie ebenfalls unterstützen.

Trotz des Familienanschlusses hatte Bertel oftmals Heimweh. Dazu kam die Trauer um ihren verstorbenen Mann und die Enttäuschung darüber, dass er nicht ganz ehrlich zu ihr gewesen war. In den Nächten, wenn sie nicht schlafen konnte, unterhielt sie sich mit ihm. Er hatte ihr, um sie zu beruhigen, immer wieder gesagt, dass er nicht unmittelbar an der Front diene und somit auch keiner Gefahr ausgesetzt sei. Wegen dieser kleinen Lüge, mit der er sie zu trösten suchte, war Bertel ihm gram.

Was ihre Arbeitsstelle betraf, so hatte sie einen Glücksgriff getan. Wegen ihrer Tüchtigkeit war sie schnell integriert. Die ganze Familie akzeptierte die Deutsche und ihr Kind voll und ganz. Niemals wurde sie als »Arbeitstier« missbraucht. Außer ihr gab es noch eine Haushaltshilfe, sodass Bertel nur für das leibliche und seelische Wohlergehen der Kinder zu sorgen brauchte. Immer hatte sie ein offenes Ohr für deren kleine und große Probleme, auch dann noch, als die Buben längst erwachsen waren. Dringliche Angelegenheiten wurden im Familienkreis besprochen, zu dem auch Bertel und das Robertle zählten. Dass sie keinen Arbeitsvertrag hatte, kümmerte sie wenig. Ihren Angehörigen zu Hause schrieb sie, dass die Doktors ihr wegen ihrer unregelmäßigen Dienstzeiten keinen Urlaub gewähren konnten, sonst wären Haus und Kinder unbeaufsichtigt geblieben. Einmal schrieb sie ihrer Mutter, dass sie eines Tages mit den Buben kommen wolle, doch in all den Jahren bot sich keine Gelegenheit dazu – nicht zuletzt deswegen, weil die Kinder drei verschiedene Schulen besuchten und die Ferienzeiten nicht übereinstimmten.

Die Sehnsucht nach ihrem kleinen Dorf und der Schwäbischen Alb verging ganz allmählich. Mehr und mehr passte sie sich ihrer neuen Heimat an. Dem eintönigen, festgelegten Leben in ihrem Elternhaus, bestehend aus Arbeitstagen, Feiertagen, Putztagen und Waschtagen, Arbeitszeiten, Mahlzeiten und Ruhezeiten war sie entkommen. Sie genoss das völlig andere, unkomplizierte Leben in dem amerikanischen Haus und ihr Heimweh verlor sich. Es gab sogar Zeiten, in denen sie das Verlangen hatte, alles, was mit »deutschem Fleiß« und »deutscher Sorgfalt« einherging, für immer abzuschütteln.

Dass das Zusammenleben verschiedener Nationalitäten mit unterschiedlichen Mentalitäten auch Probleme mit sich bringen könnte, bedachte die unerfahrene schwäbische »Dorfschönheit« damals noch nicht. Eines Besseren wurde sie erst später durch ihre Schwiegertochter belehrt, die sich mit ihr so gar nicht verbunden fühlte und sich einer Schwiegermutter schämte, die einmal das Haus und die Kinder anderer Leute gehütet hatte.

Heute lebt ihr Bub mit seiner unnahbaren Frau hunderte von Meilen von ihr entfernt. Trotzdem hatte sie sich gerade dazu entschlossen, zu ihm zu ziehen, als sie die Nachricht vom Tod der Mutter erhielt. Was nun?

Bertel überlegt: Wenngleich sich mit den Jahren das schlechte Verhältnis zu ihrer emanzipierten Schwiegertochter etwas entspannt hat, hat sie doch keinen Weg zu derem Herzen gefunden. Ihre liebsten Freunde, das Arztehepaar, sind beide vor einigen Jahren rasch hintereinander gestorben, nachdem sie zuvor eine Eigentumswohnung in Florida bezogen hatten. Nachdem George und Marc, die Söhne des Hauses, ausgezogen waren, hatte Bertel sich als Hausdame nützlich gemacht, ihre beiden Arbeitgeber umsorgt und gepflegt. Doch nun ist sie allein. Was also hält sie davor zurück, einfach hier zu bleiben, in der schwäbischen Heimat ihren Lebensabend zu genießen? Sie hat in den Staaten eine Handvoll Freundschaften geschlossen. Doch sind die so bindend, dass sie nicht darauf verzichten könnte? Mit solchen Gedanken verbringt Bertel den Abend im alten Zuhause, einer Heimat, die sie doch in den vergangen Jahren nicht mehr als solche empfunden hat. Nein, denkt sie, ihr Zuhause ist in Amerika.

Beim Schäferhaus

Wie sie ins Bett gekommen ist, weiß Bertel am nächsten Morgen nicht mehr so recht. Beim Anblick der unaufgeräumten Sitzecke und der leeren Weinflasche wird ihr klar, dass sie beschwipst und sehr müde gewesen sein muss, als sie sich schlafen gelegt hat. Ein Blick auf den Stand der Sonne lässt vermuten, dass schon später Vormittag sein muss. Als sie den Liegestuhl von gestern aufräumt, erinnert sie sich daran, dass sie dieses unbequeme Ding nie mehr benützen wollte. Sie setzt sich auf die vertraute Bank aus ihrer Kindheit. Ihr Kopf ist schwer und ihr Blick noch nicht ganz klar, so viel Alkohol ist sie nicht gewöhnt. Obwohl die große Standuhr in der Stube mit zwölf Schlägen die Mittagszeit verkündet, hat sie noch keinen Hunger.

Mit einem Becher Kaffee setzt sie sich wieder auf die Gartenbank und sinniert vor sich hin. Erst jetzt wird ihr so richtig bewusst, dass sie keinen Bezug zu der Familie ihres Bruders hat und auch noch nie hatte. Vielleicht war das auch mit ein Grund dafür, dass sie in den Staaten geblieben ist.

Ihr Bruder hat sich für heute Abend angesagt. Bei der Familie Erwins will sie am folgenden Tag einen Besuch machen. Dass ihre Schwägerin Irma sie zu einem gemütlichen Nachmittag eingeladen hat, lässt hoffen, dass eine herzliche Beziehung aufgebaut werden kann.

Ist es die Heimat oder Sentimentalität? Plötzlich spürt sie, wie ein Gefühl der Zufriedenheit über sie kommt, warm und intensiv, wie sie es noch nie vorher gespürt hat. Eigentlich könnte sie sich wirklich vorstellen, hier zu bleiben. Hand aufs Herz: Hat sie in diesen Tagen, seit sie in ihrem Elternhaus ist, auch nur einmal an ihren Sohn gedacht, der mit seiner attraktiven Frau kinderlos in guten Verhältnissen in Iowa lebt? Und anders herum: Würde er sie vermissen, wenn sie jetzt einfach hier bliebe und nicht in die Staaten zurückkehren würde? Niemand erwartet sie wirklich. Finanzielle Hilfe wird sie von ihrem Sohn nicht in Anspruch nehmen müssen, da sie schließlich jahrelang gearbeitet hat und so genügend vorsorgen konnte. Und sie verspürt im Moment kein Verlangen mehr, den Rest ihres Lebens in Amerika zu verbringen, wo man immer weite Wege zurücklegen muss und wo es schwer ist, Zugang zu den Herzen der Menschen zu bekommen.

Denn etwas anderes spürt Bertel jetzt ganz deutlich: Nämlich dass ihre Heimat dort ist, wo sie ihre Wurzeln hat. Und dass es für sie vielleicht doch ein Zurück gibt und dass solch eine besondere Gelegenheit nie wieder kommt.

Sie erinnert sich daran, wie sie immer wieder ihrem kleinen Robertle von der Ahne erzählt hat, von dem Bauernhaus am Berg, von dem großen Garten hinterm Haus, von der Ziege, die täglich Milch gab, von den Hühnern, die gackernd in ihrem Auslauf herumliefen, scharrten und emsig nach Körnern pickten. Vom »Hennafäller«, dem kleinen Falltürle am Hühnerhaus, das sie als Kind an den Abenden immer schließen musste, damit der Fuchs sich nicht einschleichen konnte. Gelegentlich blieb es auch die ganze Nacht offen, wenn sie vergessen hatte, es zu schließen oder sich bei Dunkelheit nicht mehr hinaus traute. All dies erzählte sie ihrem Kind jenseits des großen Teichs, das doch wahrscheinlich mit dem »Hennafalltürle« noch weniger anfangen konnte als heutige Stadtkinder in Deutschland. »Die Ahne hat's mir am nächsten Tag zugeflüstert, denn sie war es ja, die das Türle am frühen Morgen immer hochzog. So musste sie als Erste das Versäumnis bemerken. Später, als ich schon deinen Papa kannte, war es unser beider Geheimnis, dass das Türle zum Hühnerstall von der Ahne heimlich geschlossen wurde, wenn ich mal wieder spät nach Hause kam.« Bei diesen Erzählungen von »zu Hause« kam sie oftmals ins Schwärmen. Tat sie dies jemals mit dem Hintergedanken, ihr Kind auf einen späteren Besuch in ihrem Elternhaus vorzubereiten?

In wenigen Wochen, so hat sie sich bei ihrer Ankunft vorgenommen, soll das Haus mitsamt allem, was dazugehört, verkauft sein. Doch jetzt zögert sie. Warum? Ahnt sie, dass sie sich so den Rückweg für immer verschließt? Gibt es unerledigte Dinge in ihrer Vergangenheit, zu denen sie dann endgültig keinen Zugang mehr hat? Oder kann sie sich nur deshalb nicht trennen, weil sie sich hier eigentlich zu Hause fühlt? Bertel weiß es selbst nicht. Doch immerhin hat sie jetzt einen Entschluss gefasst. Sie wird ihren Aufenthalt in Deutschland verlängern, um Ferien am Ort ihrer Kindheit zu machen. Welch krasser Unterschied: zuerst der Urlaub in den Rocky Mountains, dann am Fuß der Schwäbischen Alb, und das alles innerhalb sehr kurzer Zeit.

Bertel steht auf, geht in die Küche. Hunger verspürt sie immer noch nicht, isst aber trotzdem ein paar Bissen. Dann macht sie sich auf zu einem ausgedehnten Spaziergang.

Ein zweites Mal schlendert sie nun durch die Straße ihrer Kindheit. Es ist merkwürdig, wie fremd alles geworden ist. Sie fragt sich, ob sie am Tag ihrer Ankunft mit Scheuklappen unterwegs gewesen ist. Beim Schäferhaus sieht sie eine junge Frau am Fenster, Kopf und Gesicht fast ganz von einem Tuch verdeckt. Die Bauersfrauen von einst hatten auch Kopftücher umgebunden, um ihre Haare bei der Arbeit draußen und im Stall vor Staub und der Sonne zu schützen. Bei der Hausarbeit, besonders aber beim Gebet, wurde es abgenommen. Sie sieht die Ahne und die Mutter im Garten zwischen Bohnen und Tomatenstauden werkeln. Beim Beginn des Abendläutens erheben sie sich aus ihrer gebückten Haltung. Die Ahne nimmt ihr Kopftuch ab, legt es über einen Holzpfahl und faltet augenblicklich die Hände. Auch die Mutter hat ihr Kopftuch abgenommen, wischt sich jedoch erst mal über die Stirn, bevor sie ihre Hände faltet. Im Gegensatz zur Ahne verharrt sie nie lange in der Stille. Noch bevor der letzte Glockenton verklungen ist, macht sie sich wieder an die Arbeit. Bertel meint sich zu erinnern, dass ihre Mutter erstmals an Gott zweifelte, nachdem ihr Mann an der Front gefallen war. Mit der Ahne konnte die Mutter darüber nicht reden, da diese sehr gläubig und gottesfürchtig war. Niemals hätte sie sich auf so ein Gespräch mit Hedwig eingelassen.

Die Frau am Fenster des alten Schäferhauses trägt ihr Kopftuch natürlich aus religiösen Gründen. Bertel denkt nicht weiter darüber nach, an fremdländische Bräuche ist sie gewöhnt. Unter der Haustüre erscheinen zwei zierliche Frauen, die sich ebenfalls ein Kopftuch umgebunden haben. Sie breiten eine Decke auf der kärglich mit Grün bewachsenen Fläche vor dem Haus aus und lassen sich darauf nieder. Bertel wird klar, dass die gesellschaftlichen Veränderungen auch an ihrem Heimatdorf nicht vorbeigegangen sind.

Beim Anblick der Frauen erinnert sie sich an die Schäferin, die einst hier wohnte. Nach getaner Arbeit am Abend traf sie sich mit ein paar Nachbarinnen auf dem Bänkle vor dem Haus. Man unterhielt sich über Gott und die Welt. Manchmal war auch der alte Schäfer dabei. Wenn er gerade in der Nähe hütete, kam er am Abend nach Hause und schlief in seinem Bett, das er der einfachen Strohunterlage in seinem Schäferkarren wann immer möglich vorzog.

Sie erinnert sich auch noch daran, wie sie als Kinder auf der Dorfstraße spielten. Wenn dann die Dunkelheit hereinbrach, wurden sie leiser. Die Tradition verbot es den Kindern damals, nach Einbruch der Dämmerung laut herumzutollen. Dämmerung und Nacht waren eine Zeit der Besinnung und der Gottesfürchtigkeit. Die Kinder setzten sich auf die Grasfläche vor dem Bänkle und verfielen allesamt dem Zauber der abendlichen Stille. Auch die Frauen unterhielten sich nur noch leise, bis die alte Schäferin endgültig der Meinung war, dass die Kinder schon längst zu Hause sein müssten: »Also bewegt euch, dapferle!«

Nachdem der Stall neben dem Schäferhaus beim Einmarsch der Amerikaner von einem Panzer eingedrückt und teilweise niedergewalzt worden war, ist der Platz überbaut worden. Mit einem Blumenerker und einem riesigen Balkon als Blickfang präsentiert sich dort jetzt ein Wohnhaus. Nichts erinnert mehr an den alten Schafstall. Bertel hätte ihn auch gar nicht mehr aus dem Gedächtnis beschreiben können. Es geht ihr übrigens auch mit den anderen Fassaden entlang der Straße so. Nur mit viel Vorstellungskraft kann sie hie und da etwas Bekanntes entdecken.

Die Tür des Hauses, das so gar keine Ähnlichkeit mehr mit einem Bauernhaus hat, steht sperrangelweit offen. Zwei Kinderfahrräder liegen davor, achtlos hingeworfen auf den Boden. Das Fahrrad, das sie einmal von ihren ersten Lohnzahlungen hatte erstehen können, kommt ihr in den Sinn. Niemals hätte sie ihr Schmuckstück so auf den Boden geworfen, nein, es wurde schön an der Straßenseite abgestellt. An jedem Wochenende putzte und pflegte sie ihr Rädle sorgfältig, denn es war ihr klar, dass sie viele Jahre darauf angewiesen sein würde. Ein neues Fahrrad war so etwas wie ein Statussymbol gewesen, fast so wie heutzutage bestimmte Automarken. Dass eine neue Zeit, eine Zeit der Technisierung und des Fortschritts, die Welt ihrer Kindheit in Windeseile überrennen würde, konnte damals niemand vorausahnen.

Farbenfrohes Spielzeug, ein Fußball und einige Federballschläger liegen über den Platz verteilt, der akkurat mit Betonplatten ausgelegt ist. Es bedarf es einer guten Portion Phantasie, wenn man sich vorstellen will, dass über dieses Stück Land hinweg einmal Schafe in ihren heimatlichen Stall getrieben wurden.

Ein Motorrad kommt näher und biegt in die gepflasterte Hofeinfahrt ein. In der Haustüre erscheint ein älterer Mann mit Overall und kariertem Hemd. Sein Gesicht ist braun gebrannt und gepflegt, seine Statur lässt vermuten, dass er schwere körperliche Arbeit verrichtet. Der Mann im Overall geht jetzt auf den jungen Motorradfahrer zu. Als die beiden sich gegenüberstehen, um ein paar Worte zu wechseln, denkt sie, dass dies Vater und Sohn sein müssen.

Natürlich, jetzt erkennt sie den Schäfer Frieder, ihren alten Schulfreund, der auch schon auf sie zukommt. Nach einer herzlichen Begrüßung, bei der der Frieder sie in die Arme nimmt und fest drückt, wird ihr ganz warm ums Herz. Wie lange ist es her, dass sie so herzlich umarmt wurde, ohne irgendeinen Hintergedanken! Sofort kommt ein Gespräch in Gang. Bertel erfährt, dass der Motorradfahrer Frieders Enkel Uwe ist und dass sie zwar keine Schafe mehr haben, dass er, der Frieder, aber seine Felder und Obstwiesen noch bewirtschaftet, um damit die Familientradition aufrechtzuerhalten. Der Uwe mache zur Zeit eine Ausbildung zum Landmaschinenmechaniker. Er wolle später die Landwirtschaft übernehmen und weiter ausbauen, um vielleicht einmal davon leben zu können. Sein Sohn, der Vater von Uwe, arbeite als Notar in der nahen Stadt und wohne mit seiner Familie auch dort. Der fühle sich der bäuerlichen Tradition nicht verbunden.

Als sie jetzt den Motorradfahrer und zukünftigen Bauern über den Hof gehen sieht, fällt ihr auf, dass er denselben Gang hat wie der alte Schäfer. Ja, genau so ging der alte Frieder immer über den Hofplatz. Oder sind es nur die hohen Lederstiefel, die diese Ähnlichkeit hervorrufen?

Wenn sich Bertel nun noch den Notar dazu denkt, der mit Krawatte und Jackett hinter seinem Schreibtisch sitzt, dann wäre die Lücke zwischen dem alten Schäfer und seinem Urenkel geschlossen. Ein solch nobler Krawattenspross will ihr nicht so recht in den Stammbaum der Schäferfamilie passen.

Die Taglöhner-Klara und ihre Kinder

Nachdenklich geht Bertel durch die enge Hauptstraße weiter in Richtung Ortsausgang. Eine Frau sitzt unter dem Kastanienbaum vor der Kirche und schaukelt einen Kinderwagen. Es ist die Tagelöhner-Klara. Eine Oma wie aus dem Bilderbuch! Ein Häuflein Kinder schart sich um sie und sie wird nicht müde, die Fragen der Kleinen zu beantworten.

Eine junge Frau steht dabei. Sie hält ein größeres Kind an der Hand und unterhält sich mit der Klara. Ihr geschlitzter bunter Rock flattert ihr um die Beine. Mit ihren blaurot gefärbten, langen Haaren ist ihr Alter schwer einzuschätzen. Ihre Art, mit dem Kind zu sprechen, berührt Bertel unangenehm.

»Lass das, Kevin.« – »Benimm dich, Kevin, du wirkst arrogant.« – »Nun gib ihm mal deinen Gameboy, Kevin, man muss auch teilen können.« – »Bitte Kevin. Wir Erwachsenen reden gerade. Und zupfe nicht immer an mir herum, ich mag das nicht haben.« – »Danke, Kevin.« Will sie ihrem Sprössling partout eine gepflegte Sprache beibringen, wo sie sich doch ansonsten im schönsten Schwäbisch mit der Klara unterhält? Auf Bertel wirkt die Sprechweise der jungen Frau geradezu lächerlich. Hat ihr noch niemand gesagt, dass man sich von seinem Kind so höchstens entfernt, ganz bestimmt aber keine sprachlichen Fähigkeiten fördert?

Jetzt schaut Klara auf und nimmt Bertel wahr. »Ja grüß Gott, Bertel, ich han scho ghört, dass du komma bist! Wie gohts dr denn? Komm, sitz do her und verzähl!« Bei dem Redeschwall, der jetzt losbricht, kommt Bertel nicht zu Wort und dies ist auch gut so, denn sie hätte jetzt ohnehin nicht über ihr Leben in Amerika erzählen können. »Gut siehst aus, es fehlt dir scheints an nix«, meint die Klara, die ein Leben lang nie aus ihrem kleinen Dörfle herausgekommen ist. Die Leute im Dorf sind doch alle der Meinung, dass Bertel in Amerika eine reiche Frau geworden sei. Sie glauben nämlich zu wissen, dass es in Amerika nur Armut oder Reichtum gibt – und arm sieht die Bertel bestimmt nicht aus.

In Wirklichkeit ist alles ganz anders. Wenn das frühere Schwabenmädel auch keine großen

Geldsorgen mehr hat, so ist sie doch von Reichtum meilenweit entfernt. Aber das, davon ist sie überzeugt, wird die Klara ohnehin nicht hören wollen. Die nämlich möchte jetzt von sich und ihren Kindern erzählen und spricht ohne Punkt und Komma weiter. »Meine Kinder sind alle wohlgeraten.« So erfährt Bertel, dass ihre Buben allesamt ein Handwerk gelernt haben, dass ihre Mädchen gut verheiratet seien, dass ihr Enkel sogar ein tüchtiger »Bänker« geworden sei, der bestimmt einmal Filialleiter in der heimischen Sparkasse werden wird. Eine andere Enkelin habe gerade erfolgreich das Abitur geschafft und wolle Übersetzerin werden.

Wie sich doch die Zeiten geändert haben, denkt Bertel. Früher sind die Kinder vom Armenhaus, wie das gemeindeeigene kleine Häusle genannt wurde, verhöhnt worden, wenn sie im Herbst immer noch barfuß zur Schule kamen oder mit gestopften Pullis und Flicken auf dem Hosenboden herumliefen. Johlend verfolgten die Gassenkinder die Armenhausbuben, wenn sie für ihre Kaninchen an den Wegrändern Hasenfutter rupften und dieses mit einem Handwägele, das aus einem ausgedienten Kinderwagengestell gebastelt war, nach Hause karrten. »Das Mäxle vom Armenhaus hat Hasenfutter gestohlen!« So johlte die wilde Horde hinter ihnen her.

Nun will es gar scheinen, als seien die Kinder der armen Klara die wahren Überflieger am Ort. Offensichtlich haben sie es mit Hilfe der Zeitumstände und mit viel Fleiß geschafft, heute gutbürgerlich leben zu können. Bertel merkt, wie gut es der Klara tut, von ihren Kindern erzählen zu können, deshalb unterbricht sie ihren Redeschwall nicht. Als ob sie noch ein Sahnehäubchen draufsetzen wolle, erzählt Klara prompt, dass ihre Älteste mit ihrem Mann zusammen das ehemalige Armenhaus gekauft und umgebaut habe. »Do gugg her!« Sie zeigt auf ein großes Gebäude, das durchaus mit dem Schusterhaus auf der Straßenseite gegenüber konkurrieren kann. »Mei Eveline got ens Gschäft ond ich versorg 's Haus ond d' Kender.« Nach einer Pause meint sie: »Woischt, aber bald schaffe's halt nemme. Meine Glieder send so müd, deswega schafft mei Eveline au bloß no halbtags.« Es ist der einfachen Frau anzumerken, wie stolz sie darauf ist, so viel erreicht zu haben. Dass sie im hohen Alter trotz ihrer müden Glieder immer noch schafft, verwundert Bertel keineswegs. Klara ist nun mal von der Sorte, die so lange arbeitet, bis sie tot umfällt. »Mei Karl wär stolz, wenn er des no erlebt hätt!« Und nach einer langen Pause fährt sie fort: »Mädle, glaub mir, ich han oft mit meim Karl g'schwätzt, wenn e nemme weiter gwisst han! Woischt, bei Nacht, wenn e vor lauter Sorga et schlofa könna han, do ischt er älls bei mir g'wesa ond hot mich tröschtet.«

Bertel sieht Parallelen zu ihrem eigenen Schicksal: Auch sie ist früh Witwe geworden, doch im Gegensatz zur Klara kann sie nicht so selbstverständlich darüber sprechen. Wenngleich sie auch über viele Jahre hinweg fremde Kinder und ihr Robertle betreut und versorgt hat, so sieht sie es doch nicht so einfach als ihr Verdienst an, dass diese Kinder heute Anwälte und Wissenschaftler sind und sich in geordneten Lebensbahnen bewegen. Nein, an der Klara kann sie sich nicht messen. Sie, die Bertel, hat nie eine solch enge Bindung zu ihrem Sohn aufbauen können wie die Klara zu ihren Kindern. Ja vielleicht, wenn sie neben ihrem Sohn nicht noch zwei andere Kinder zu betreuen gehabt hätte. Aber andererseits wäre sie dann ohne die gute Bleibe beim Arztehepaar und ohne Familienanschluss gewesen. Wäre sie überhaupt drüben geblieben? Und wenn nicht, wie hätte ihr Kind sich in der alten

Welt entwickelt? Fragen über Fragen gehen ihr durch den Kopf, Antworten darauf hat sie keine.

Ihr kleiner Robert ist durch und durch Amerikaner. Sie selbst hat die fremde Mentalität nur bedingt angenommen. Der Doktor lobte oftmals ihre deutsche Gründlichkeit und Ordnungsliebe. Er schätzte sie dafür, und Bertel konnte im Haus schalten und walten, wie sie es für richtig befand. Er überprüfte das Hauhaltsgeld nur flüchtig, er vertraute ihr vollkommen. Längst war ihr Robertle in die Familie integriert, wurde ganz und gar als Kind des Hauses anerkannt. Ehe sie sichs versah, war Bertel Ziehmutter der zwei Arztkinder geworden. Sie war es, bei der die Buben sich ausweinen konnten. Bei ihr holten sie sich Rat, wenn sie nicht mehr weiter wussten. Sie war es, die Schrammen und Wunden versorgte. Sie trocknete ihre Tränen, wenn einmal wieder die Welt in den kleinen Kinderherzen zusammengebrochen war. Sie war es, die oft des Nachts an ihren Betten saß und sie nach kindlichen Alpträumen wieder in den Schlaf sang. Ihre guten Ratschläge waren auch noch gefragt, als »ihre« Buben längst erwachsen waren.

Wie viele deutsche Märchen, vor allem Sagen und Legenden von der Schwäbischen Alb, hatte sie ihnen erzählt! Sie tat es so einfühlsam und so überlegt wie möglich. Geister und Dämonen kamen in ihren Erzählungen nicht vor. Ihrer Meinung nach waren Räubergeschichten und Ammenmärchen nichts für Kinderohren. »Das Stuttgarter Hutzelmännlein« mit der »Schönen Lau« hörten die Kinder besonders gern. Bertel schilderte die Alb und ihre Bewohner so plastisch und detailgetreu, dass sich oftmals auch der Herr Doktor bei seinen Kindern niederließ und den Erzählungen der schwäbischen »Börta« lauschte. Wenn sie dann immer mal wieder in ihren schwäbischen Dialekt verfiel, endeten solche »Märchenstunden« meist mit einem spaßigen Deutschkurs. Ihre drei Buben konnten alle fließend Deutsch. Der Vater meinte einmal nach einer solchen Deutschstunde, die Kinder wären durch ihre, nämlich Bertels, liebevolle und besondere Erziehung und die gute schulische Ausbildung fürs Leben aufs Beste gerüstet.

Eines der Kinder fängt zu weinen an und Bertel schreckt auf. Sie will ja noch einen kleinen Imbiss für heute Abend für sich und ihren Bruder vorbereiten, und so verabschiedet sie sich von der Klara und schlendert langsam wieder über die Hauptstraße nach Hause.

Aussprache mit Erwin

Sie verstaut die Vesperplatte, die sie schön dekoriert hat, im Kühlschrank. Einige Zeit sitzt Bertel auf dem Gartenbänkle, als sie die Haustürklingel hört, gleichzeitig dreht sich der Schlüssel im Schloss. Noch ehe sie sich erheben kann, kommt ihr Bruder Erwin durch die Küche in den Garten.

»Grüß Gott, Erwin!«

»Hallo, Bertel!«

Wie am Tag ihrer Ankunft spürt sie die Kluft zwischen ihnen, die mit den Jahren immer tiefer geworden ist.

»Bleib sitzen!«, sagt er, als sie sich zur Begrüßung erheben will. Er reicht ihr die Hand über den Tisch.

»Setz dich!«, fordert sie ihn auf. »Oder weißt was? Hol aus dem Keller eine Flasche Rotwein und ich hol das Nachtessen, heute wollen wir uns endgültig aussprechen – und uns einen gemütlichen Abend dabei machen.«

Die letzten Sonnenstrahlen funkeln in den Rotweingläsern und die beiden prosten einander zu.

»Auf dein Wohl, Bertel!«

Sie kann nur ein leises »Dankeschön« flüstern.

Nachdem Erwin sein Glas abgesetzt hat, fragt er: »Hast du dich gut eingelebt in den paar Tagen, die du schon hier bist?« Sie plaudern ein bisschen über ihr Hiersein und über Nebensächlichkeiten und lassen sich dabei den Wein und das Abendbrot schmecken. Dann meint Erwin: »Ich hoffe, wir haben uns überhaupt noch etwas zu sagen nach all den vielen Jahren Getrenntsein. Nichtssagende Grüße an Weihnachten oder zu Geburtstagen, das war alles, was wir ausgetauscht haben. Jetzt willst du wahrscheinlich von unserem gemeinsamen Erbe einfach Besitz nehmen, wie du immer von allem Besitz genommen hast. Ja, sogar die Liebe und Fürsorge unserer Mutter wolltest du für dich alleine haben. Ich wette, du hast mal wieder nicht daran gedacht, dass ich mit dem Haus samt seinem großen Garten eigene Pläne habe. Schließlich gehört es mir genauso wie dir, fifty-fifty. Aber so war es schon immer: Die Bertel kocht halt ihr eigenes Süppchen. Ob dieses irgendjemand schmeckt, danach hast du nie gefragt. Immer stand ich in deinem Schatten! Damals war ich so froh, dass du weit weg warst.

Endlich galt die Aufmerksamkeit mir. Ich wusste nicht, was los war – Mutter fragte mich plötzlich sogar nach meiner Meinung und wollte Rat von mir. Stell dir vor, sie wollte tatsächlich Ratschläge von dem kleinen Erwin!«

Statt eine Antwort zu geben, beginnt Bertel, die Teller und die leere Wurstplatte abzuräumen. Während sie mit dem Geschirrtablett in die Küche geht, überlegt sie, was sie Erwin antworten soll. Niemals wollte sie ihren Bruder kränken.

»Ach, Erwin«, fängt sie an, als sie sich wieder gegenübersitzen. »Müssen wir uns streiten? Wir werden uns schon in der Mitte irgendwo treffen mit unseren Vorstellungen und Wünschen. Komm, hol noch eine Flasche Wein.« Mit diesen Worten verteilt sie den Rest der Flasche in die beiden Gläser.

Langsam wird es dunkel. Die Umrisse der Sträucher und Büsche werden von der Nacht geschluckt. Bertel entzündet eine Kerze, die in einem bunten Glas auf dem Tisch steht. Ist es der Wein, der ihrer beider Zungen löst, oder ist es tatsächlich geschwisterliche Liebe und Verbundenheit? Auf einmal können sie ganz ungezwungen miteinander scherzen und von damals schwärmen. Dabei merken sie erst, wie unendlich viel sie sich zu erzählen haben. Erwin berichtet vom Zimmereigeschäft seines Schwiegervaters, das er mit seiner fleißigen und lieben Frau Irma übernommen und wesentlich vergrößert hat. Natürlich mit vorausschauendem Blick auf seine Buben, immer hoffend, es möge ein Handwerker nachfolgen, der das alles übernehmen und weiterführen wird, wofür sie beide sich krumm und bucklig geschafft haben.

»Doch daraus ist nichts geworden. Der ältere der beiden, Walter, schlug eine andere Laufbahn ein. ›Gelderwerb ohne körperliche Schinderei‹, nannte er sein ›Zigeunerleben‹ als Versicherungskaufmann im Außendienst. Der jüngere, Bertram, hat seine Ausbildung zum Steinmetz mit ›sehr gut‹ abgeschlossen. Stell dir vor, unser Werkstattschuppen ist zum Künstleratelier geworden. Walter blieb nicht lange im Versicherungswesen. Dass das mit dem Gelderwerb ohne körperliche Schinderei nicht so klappte, wie er es sich vorgestellt hatte, hat er ganz schnell gemerkt und ist wieder abgesprungen. Auf dem einstigen Holzlagerplatz der Zimmerei hat er einen Baumarkt errichtet. Die Wiese daneben ist zum Ausstellungsplatz für Bertrams gemeißelte Kunstwerke und Gebrauchsgegenstände geworden. So arbeiten die beiden jetzt Hand in Hand und ich bin's zufrieden. Schwer bearbeitet haben sie mich, bis sie mir die altmodischen Erbfolgegedanken ausgetrieben hatten. Jetzt bin ich endgültig geheilt. Unser Sohn Walter meinte einmal: ›Wer auf vorgefertigten Wegen geht, kann keine eigenen Spuren hinterlassen!‹ Diese Einstellung zum Leben hat mich letztendlich doch überzeugt. ›Für wen, wenn nicht für unsere Kinder, haben wir diese Spuren gelegt?‹, so haben wir uns immer wieder in nicht enden wollenden Gesprächen gefragt. An einem Sonntag, an dem ich mit meiner Irma wieder einmal über Rechnungen, Kostenvoranschlägen und Mahnungen saß, haben wir endgültig unseren Wunsch nach einem Nachfolger begraben. Als zu allem Überfluss auch noch die Aufträge ausblieben, haben wir dies als einen göttlichen Fingerzeig gedeutet. Weißt, Bertel, für uns Holzwürmer war einmal jeder Dachstuhl, den wir geschaffen haben, ein Kunstwerk. Als zunehmend Flachdächer gefragt waren, sind es Balkonbrüstungen und Holzdecken gewesen. Das Bauhandwerk hat seine Attraktivität verloren. Da jammern wir über Erbfolge und beschwören Notzeiten herauf, in denen ein Handwerk die beste Lebensversicherung war. In Wahrheit sind die Zeiten von Hunger und Not längst vorbei und wir langweilen unsere Kinder nur noch mit unseren Ratschlägen.«

Nach einer Pause spricht er weiter: »Ach, Bertel, den Krieg und die Hungerjahre danach haben doch wir erlebt und nicht unsere Kinder. Wie sollten sie wissen, was Hunger ist? Konnten sie doch von Kindesbeinen an die schönsten Herrlichkeiten haben, von denen wir nicht mal träumten. Denk nur an die Früchte, die es heute in jedem Supermarkt gibt – wir hätten nicht mal ihre Namen gewusst. Oder Erdbeeren an Weihnachten! Aus dem Naschen von Pralinen machen wir Alten doch heute noch ein festliches Prozedere, dabei stehen sie heute auf jedem Schreib- und Arbeitstisch, nur um den toten Punkt am Nachmittag zu überwinden. Wie sollen unsere Kinder begreifen, dass jedes Brikett, das wir aufs Feuer legten, einem Goldbarren gleichkam? Kinder, die mehr im Auto spazieren geführt wurden als im Kinderwagen, wie sollten die begreifen, dass ein neues Fahrrad damals mindestens ebenso aufregend war wie heute der Kauf eines Autos? Soll ich ihnen erzählen, dass wir Jungs damals nach Feierabend für ein Motorrad über Monate hinweg Paletten nagelten, bis uns das Blut über die Hände lief? Wen interessiert das denn heute noch? Wenn meine Buben ganz andere Wertvorstellungen haben als wir Eltern, kann ich ihnen da gram sein?«

In der folgenden langen Gesprächspause sinnieren sie über die vergangenen Zeiten. Dann stellt Erwin in die Stille hinein die entscheidende und lange schon erwartete Frage: »Was sollen wir denn nun mit dem Haus machen? Sollen wir es verkaufen oder nicht?«

Bertel ist, als komme seine Stimme von ganz weit her. Gewiss, sie hat schon lange mit dieser Frage gerechnet. Hundert Mal hat sie sich die Antwort zurechtgelegt. Warum wird ihr jetzt, wo die Frage endlich ausgesprochen ist, der Mund so trocken? »Du hast recht, es ist Zeit, that you bring up the matter – äh: dass das Thema auf den Tisch kommt«, sagt sie mit zitternder Stimme. Das Haus, so hat Mutter immer wieder in ihren Briefen betont, müsse für Bertel erhalten bleiben, denn sie spüre genau, dass ihre Tochter eines Tages zurückkomme.

»Natürlich werde ich deinen Entschluss mittragen, auch wenn es mir schwerfallen sollte«, hört sie den Bruder sagen. »Egal, wie du dich auch entscheiden wirst.« Er glaubt zu bemerken, dass seine Schwester auf diesen kleinen Hinweis gewartet hat, um nun wirklich darüber sprechen zu können.

Bertel räuspert sich. Ihre Stimme klingt trotzdem heiser. »Hier, Erwin, in der Heimat, will ich meinen Lebensabend verbringen. Und hin und wieder werde ich meine Kinder in Amerika besuchen.«

Sie holt tief Luft. Jetzt ist es heraus.

Erwin zögert nicht lange. »Aber bitte denk dran«, sagt er, »dass dich hier kein Luxusleben erwartet. Keine Zentralheizung. Warmes Wasser nur aus einem kleinen Boiler. Der Garten, der versorgt sein will. Die hölzerne Stiege, die gebohnert werden muss, und und und ... Den Wert des Hauses müssten wir dann schätzen lassen, dass du uns die Hälfte auszahlen kannst. Vermutlich heißt das, du wirst das Haus mit einer kräftigen Hypothek belasten müssen ...«

Wenn das alle seine Bedenken sind! Anscheinend denkt er, seine Schwester sei in Amerika eine verwöhnte Frau geworden. Oder geht es ihm nur ums Geld?

»Ach, Erwin, was meinst du, was ich alles durchgemacht habe. Kann der Wert des Lebens an materiellen Gütern gemessen werden? Nein, keinesfalls. Viel wichtiger ist, mit Menschen zusammen zu sein, die man liebt und von denen man geliebt wird. Damals, als mein Bob gestorben ist, hätte ich alles in Kauf genommen, nur um mit meinem Kind wieder heimkommen zu können. Weg von der fremden Welt, wieder ein Zuhause haben – wäre das schön gewesen.«

Nach einer Pause spricht sie weiter: »Weißt du, dass man aus Amerika nicht einfach so ... wie sagt man: clear off ... nicht einfach abhauen kann? Dass ein Mensch unter vielen Menschen leben und trotzdem sehr allein sein kann? Die Wiederauswanderung wäre sehr schwierig geworden, nachdem ich gerade erst durch die Heirat eingebürgert war. So habe ich mich erst mal damit begnügt, dem ungastlichen Haus der Schwiegereltern zu entkommen. Die Zeit ganz allein in einem fremden Land, dessen Sprache ich noch nicht recht beherrschte, war furchtbar. Zwar hatte ich weniger existentielle Sorgen, aber Einsamkeit, Angst vor der Zukunft, die Feindseligkeit meiner Schwiegereltern – das waren die Sorgen, die mir das Leben oft zur Hölle gemacht haben. Bis wir beide dann eine Ersatzheimat in einem Arzthaushalt gefunden haben. Da ist es uns gut gegangen. Das Robertle konnte zusammen mit den Söhnen des Hauses aufwachsen. Das Ehepaar hat ihn sehr gemocht und gefördert. Wir hatten Familienanschluss gefunden.«

Wieder tritt eine lange Pause ein, bevor sie weiter erzählt: »Die Amerikaner schätzten an uns beiden die typisch deutsche Gründlichkeit, mit der wir unsere Pflichten wahrnahmen. They've really been well cared for. Vieles davon habe ich übrigens an ihre beiden Buben George und Marc weitergegeben. Ich war ihre Ersatzmama. An langen Herbst- und Winterabenden sorgte ich für Gemütlichkeit am Kaminfeuer. Ach, was hatten wir doch für fröhliche Stunden miteinander bei unseren Spiele-Abenden.«

Nun hat Bertel ihren Redeschwall unterbrochen. Die Sonne ist längst untergegangen und sie fröstelt. Nachdenklich meint sie: »Diese typisch deutsche Atmosphäre, die ich damit geschaffen habe, hat meine Sehnsucht nach Geborgenheit ein wenig gestillt. Im Winter, wenn es draußen Stein und Bein gefroren hat, habe ich an die Winterabende mit unserer Mutter und der Ahne in der behaglichen Wohnstube gedacht. Den Kindern habe ich dann immer von den gemütlichen Stunden mit der Ahne erzählt.«

Bertel seufzt und lehnt sich zurück. Einen Moment lang bleibt ihr Blick am grünen Blätterdach des Kirschbaums hängen, das jetzt mit dem dunklen Nachthimmel beinah eins geworden ist. Ein einziger, strahlend heller Stern blinkt zwischen den Ästen hindurch. Es muss der Abendstern sein. Bertel seufzt erneut. Es fällt ihr merklich schwer, weiterzusprechen.

»Trotzdem ist es nicht leicht gewesen. Obwohl wir beide zu der Familie gehört haben, sind wir doch immer die Fremden geblieben. Und natürlich habe ich mich nach Liebe gesehnt. Die Buben haben Fragen an mich gerichtet, die mich sehr nachdenklich und manchmal hilflos gemacht haben. Ich habe gemerkt, dass ich diese Fragen nicht mal für mich selbst beantworten konnte. Hast du mit der Ahne oder der Mutter je über Liebe und Liebeskummer sprechen können? Oder wurdest du von ihnen aufgeklärt? Diese Themen, die doch mit die wichtigsten im Leben sind, waren bei den Beiden tabu.«

Erwin lacht: »Wenn ich meinen Jungs heute erzähle, welche Sensation damals der Film ›Die Sünderin‹ war, in dem die junge Hildegard Knef gerade mal ein paar Sekunden lang ihren nackten Körper zeigt, bekommen sie einen Lachanfall. Der Film war damals nicht jugendfrei. Wir standen stundenlang an der Kasse an, um Eintrittskarten zu erhalten. Der Schreiner Hermann, der älteste von uns, musste vorausgehen und wir mogelten uns in seinem Windschatten durch die Kontrolle.«

»Weißt, Erwin«, beginnt Bertel jetzt zu schimpfen, allerdings eher vor sich hin als direkt zu ihrem Bruder gewandt: »Die Ahne hat mich mit ihrer Liebe und Fürsorge fast erstickt. Unsere Mutter hat uns immer nur ermahnt und getadelt. Gesprochen hat keine mit uns über unsere Sorgen und Nöte. Die wurden mit einer Floskel vom Tisch gewischt. Wie soll man da verantwortungsbewusst und lebenstauglich werden? Mein Leben hätte einen anderen Verlauf genommen, wenn ich damals selbstsicherer hätte auftreten können und mehr gewusst hätte. Jeder Kuss kam mir wie eine Sünde vor. Bei den Amerikanern ging es so locker und lustig zu, wen wundert es, dass ein unerfahrenes Dorfmädchen davon fasziniert war? Erstmals schenkte mir jemand Liebe, die sich nicht an Äußerlichkeiten festmachte. In gebrochenem Deutsch schwor Bob mir ewige Liebe und schwärmte von den deutschen Frolleins, die seien wonderful, und endlich habe er einen deutschen Darling gefunden. Und glaub' mir, seine Liebe erschöpfte sich nicht in sexuellen

Ansprüchen. So wie wir alle, suchte auch er Zuneigung und Wärme. Er hat dann sehr bald von Heirat gesprochen. Alles war so ganz anders als die schüchterne Knutscherei mit dem Hermann bei der Friedhofsmauer. Bei und von Bob habe ich auch erfahren, dass die Welt nicht an den Felsen der Schwäbischen Alb endet. Es war eine andere Geborgenheit als das ewig besorgte und ängstliche Gehabe zu Hause. Niemals ist bei uns zu Hause von Liebe zwischen Mann und Frau gesprochen worden. Warum ist denn Mama in ihren jungen Jahren nie mehr eine Beziehung eingegangen? So hätten wir wenigstens im Umfeld der Familie die Liebe zwischen Mann und Frau kennen lernen können.«

Erwin nickt zustimmend und fängt seinerseits wieder an zu sprechen. »Meine Lehrzeit als Zimmermann war zu Anfang auch nicht erfreulich. Eigentlich war ich viel zu schwach für diesen Beruf. Das änderte sich aber dann ganz schnell. Urplötzlich stand ich mitten im Leben mit all seinen Verpflichtungen und Lasten, auf die ich überhaupt nicht vorbereitet war. Natürlich gab es auch erfreuliche Aspekte, zum Beispiel fand ich in dieser Zeit auch eine feste Freundin. Aber dann begann die Gesellenzeit; ausgerüstet mit zünftiger Kleidung, ein wenig Taschengeld und mit vielen guten Ratschlägen von meinem Lehrherrn bin ich auf Wanderschaft geschickt worden. Wenn diese Jahre in der Fremde auch nicht leicht waren, so habe ich mich doch endlich frei gefühlt. Frei von der engen Welt der Ahne und der allwissenden Mutter. In der Fremde fasste ich den Entschluss, eine Familie zu gründen, in der es keine Zwänge und Auflagen geben sollte. Mit meiner Irma habe ich eine Frau gefunden, die mir als Mutter meiner Kinder und Geschäftspartnerin gleichermaßen wertvoll ist. Sie war es, die mit schwierigen Kunden verhandelt und Arbeitsaufträge hereingeholt hat. Ihr geschäftliches Verhandlungsgeschick hat sie von ihrem Vater, der selbst ein angesehener Handwerker war. So ist aus dem kleinen Erwin vom Land einer der angesehensten Bürger der Stadt geworden. Die Heimatstadt meiner Frau ist längst auch mir zur Heimat geworden.«

Erwin schweigt und schaut vor sich hin auf die Tischplatte mit dem karierten Tischtuch, auf der inzwischen zwei leere Weinflaschen stehen. Er räuspert sich, blickt hinüber zur Straßenlaterne, dann fixiert er wieder das Tischtuch. »Weißt du«, seine Stimme klingt belegt, »und dann musst du erleben, wie der alteingesessene Zimmereibetrieb sich langsam auflöst, wie dein Lebenswerk unter den eigenen Augen zerbröselt!«

Von der Kirchturmuhr hallen zwölf Schläge durch die Nacht. Erwin macht keine Anstalten aufzubrechen. Stattdessen sinniert er weiter: »Heute bin ich mir sicher, dass meine Buben den richtigen Weg gegangen sind. Sie sind genauso wie ihre Eltern angesehene Bürger geworden, auch wenn ihre Entscheidungen für uns einmal sehr bitter waren. Unsere Buben haben aber einen Betrieb geschaffen, der wieder mit der Bauwirtschaft zu tun hat. Somit lebt unser Geschäft, unser Name weiter. Was hätte ich, was hätten wir uns denn anderes wünschen können?«

Als die Kirchturmuhr zwei Schläge in die Nacht hinausschickt, macht sich Erwin auf, um nach Hause zu gehen. Nach dem vielen guten Wein, den er mit Bertel zusammen getrunken hat, bestellt er sich ein Taxi.

Briefe aus der Vergangenheit

Über drei Monate weilt Bertel nun schon in ihrem Elternhaus. Jeder Tag ist ausgefüllt gewesen, immer wieder hat sie Neues und doch so Altvertrautes aus ihrer Kindheit entdeckt. Als sei es selbstverständlich, hat sie Beete im Garten gehackt und eingesät. Die beiden Kirschbäume im hinteren Teil des Gartens, die bei ihrer Ankunft in voller Blüte standen, haben inzwischen Früchte getragen. Also hat sie sich verpflichtet gefühlt, die Kirschen zu ernten und zu versorgen. Lohn der Arbeit sind einige Weckgläser mit eingemachten Kirschen. Sie füllen zusammen mit den vollen Marmeladegläsern mit der Aufschrift »Kirschmarmelade« oder »Gelee« die Regale in der Speisekammer, so wie eh und je. Die Bertel hat sich in der kurzen Zeit so eingelebt, dass sie die früheren Gepflogenheiten ganz selbstverständlich übernommen hat. Ganz so, als sei sie niemals weg gewesen.

Seit Tagen regnet es nun schon. Also hat sie sich entschlossen, auf den Dachboden zu gehen. Dort sind in einem alten Schrank die gesammelten Unterlagen, Akten und persönlichen Briefe der Familie aufbewahrt. Der Schlüssel dazu liegt wie damals oben auf einem Querbalken vom Dachstuhl. Als Kind konnte sie nicht hinlangen und hatte auch kein Interesse daran. Jetzt ist es anders. Die schwere Schranktür quietscht beim Öffnen ein wenig. Sie greift nach einem kleineren Päckchen, das mit einer selbstgedrehten Kordel aus roter Wolle gebündelt ist und sehr abgegriffen aussieht. Es sind die Liebesbriefe vom Ähne Gottlieb an seine Freundin und spätere Frau Martha. Gedankenversunken entknotet sie die Kordel. Der erste Brief, den sie in Händen hält, stammt aus dem Jahr 1909, es ist wahrscheinlich der erste Liebesbrief gewesen, den der Ähne geschrieben hat. Es wäre womöglich auch der einzige geblieben, wenn der Ähne nicht 1914 in den Krieg gemusst hätte.

»Meine liebe Martha!«, so liest sie halblaut und ein wenig stockend. Es fällt ihr nicht leicht, die Sütterlinschrift zu entziffern. »Am vergangenen Sonntag bin ich gut nach Hause gekommen. Unten bei den Pappeln am Bach sah ich im Nebel Elfen tanzen, es schien so, als ob sie mich verfolgten. Die letzte Wegstrecke bin ich sehr schnell gerannt, außer Atem lief ich durchs Hoftor, dort habe ich mich beim Zaun auf die Lauer gelegt, doch alles war still und von den hellen Lichtgestalten war nichts mehr zu sehen ...« – Bertel lässt den Brief sinken und überlegt angestrengt: Die Ahne hatte oftmals erzählt, dass die einstige Haushälterin des katholischen Pfarrers heimlich dort unten beim Bach ein Kind entbunden und es dann in einer schwer zugänglichen Höhle in der Nähe ausgesetzt habe. Dieses Geheimnis habe sie auf ihrem Sterbebett gebeichtet und seither suche sie oftmals in der Nacht als Geistwesen ihr Kind im Wald. Die Höhle ist längst zugewachsen, niemand hat jemals Nachforschungen angestellt. Nur im Gedächtnis von einigen alten Weibern spukt die Pfarrers-Resl noch immer herum. »So lange diese Schandtat immer wieder von neuem aufgebrüht wird, findet die arme Resl keine Ruhe«, hatte die Ahne damals erklärt.

Nach dem kleinen Gedankenausflug liest Bertel weiter: »Am kommenden Sonntag kann ich dich leider nicht besuchen. Wir werden mit dem Heu nicht fertig, du musst noch eine Woche warten. Im Herbst, wenn nicht mehr so viel Feldarbeit ist, werde ich deinen Vater um die Hand seiner Tochter bitten. Dann können wir heiraten und einen eigenen Hausstand gründen. Als Maurer werde ich in der nahen Stadt arbeiten und wir werden zusammen eine große Familie haben und ein Haus bauen.

Es grüßt dich dein Gottlieb.«

Langsam und bedächtig faltet sie den Brief zusammen. Sie fragt sich, ob das ein Liebesbrief war oder nur eine kurze Erklärung, weshalb er vorerst den langen Weg zu ihr nicht machen könne. Bertel hat sich auf die Holzkiste gesetzt. Sie überlegt sich, ob die älteren Generationen wohl romantische Liebe kannten. Ob es damals mehr die Vernunft als die Zuneigung war, die für eine Ehe den Ausschlag gab. Stand seinerzeit nicht viel stärker die familiäre Sicherheit im Mittelpunkt, auch im Hinblick auf spätere Generationen?

Als sie den nächsten Brief liest, läuft es ihr kalt über den Rücken, lautet doch tatsächlich die Anrede: »Mein lieber Schatz!« – Dies musste im Ersten Weltkrieg geschrieben worden sein. Der Brief kam von der Front. »Mein lieber Schatz, meine liebe Frau!«, so steht es da und straft ihre Zweifel an der romantischen Liebe ihrer Vorfahren Lügen. Es sollte die letzte Nachricht sein, die der Ähne auf den Weg in Richtung Heimat brachte. »Deinen Brief habe ich an der Front erhalten. Es sind drei Wochen vergangen, seit du mir die freudige Nachricht geschrieben hast, dass ich Vater werde. Der Krieg wird uns noch eine ganze Weile trennen, doch freue ich mich ganz arg auf ein Wiedersehen mit dir. Wir werden aus unserem großen Garten ein Paradies für unsere Kinder machen.

Im Bewusstsein, meiner Frau und meinem Kind eine Heimat geschaffen zu haben, will ich den Brief heute beenden. Es ist spät, die anderen in der Unterkunft schlafen längst, der kleine Kerzenstummel tut's nicht mehr lange, meine Gedanken sind in der Heimat bei euch.« Weil das Blatt Papier voll beschrieben war, benützte der Schreiber den Rand rund um den eigentlichen Text herum für eine weitere Notiz: »Ach meine liebe Frau, werde ich einmal nicht mehr nach Hause kommen, grüße jeden Tag die Alb von mir, dann sind wir uns nahe. Mit großer Liebe grüßt dich dein Gottlieb.«

Diese so liebevoll geschriebenen Zeilen muss die Ahne oftmals gelesen haben. Diese wenigen Sätze von ihrem Liebsten, dem Vater ihres Kindes, müssen sie auch davon abgehalten haben, eine neue Partnerschaft einzugehen. An Verehrern hat es ihr bestimmt nicht gefehlt, wie Bertel aus den Gesprächen der beiden Frauen immer mal wieder entnommen hat. Deutlich spürt sie jetzt, dass der Ähne bei diesem letzten Satz geweint haben muss. Diese Zeilen, die einmal für die Großmutter geschrieben worden sind, sind nun auch für die Enkelin Bertel ein letzter Gruß von ihrem Ähne.

In der Annahme, auch die restlichen Briefe aus dem kleinen Packen seien von Gottlieb, greift sie nach dem nächsten Schreiben. »Retour« ist auf dem Umschlag zu lesen. Es stellt sich jedoch heraus, dass dieser Brief von der Ahne geschrieben wurde und wieder zurückkam, weil der »Adressat im Feld vermisst« war.

»Mein lieber Gottlieb! Seit zwei Tagen haben wir ein Töchterchen. Meine Base Traute versorgt uns, solange ich noch im Wochenbett liegen muss. Der Höflesschreiner hat mit seinem Kütschle die Hebamme aus der Stadt geholt, weil du ihn einmal darum gebeten haben sollst. Doch bis sie kamen, war unser Kind schon geboren. Ich war heilfroh, dass meine Base Traute schon da war und mir beigestanden hat. Die Hebamme und die Base haben dann zusammengearbeitet, um Kind und Mutter zu versorgen. Die Hebamme war erleichtert, weil alles so gut vorbereitet war. Das treffe sie nicht überall an. Erst letzte Woche habe sie oben auf der Alb der Baltes-Bäuerin helfen wollen, ihr elftes Kind zu gebären, das aber dann schon tot auf der Strohunterlage gelegen habe, als sie kam. In der Scheune, wo diese bis zuletzt gearbeitet habe, sei sie auf das Stroh gefallen und habe mit Hilfe ihrer ältesten Tochter, die gerade mal zwölf Jahre alt war, entbunden. Ein Jammer sei es gewesen, wie sie die Bäuerin zurücklassen musste. Kaum frische Wäsche stand zur Verfügung, die Kinder versorgten sich weitgehend selbst. Der Baltes-Bauer habe ihr, der Hebamme, hoch und heilig versprechen müssen, seine Frau zu schonen und sie nicht mehr so schnell wieder anzurühren. Die älteren Kinder haben versprochen, ihrer Mutter tüchtig zur Hand zu gehen und ihr jeden Tag eine Kartoffelsuppe mit Milch zu kochen.

Lieber Gottlieb, ich bin dir dankbar für das, was du mir gibst und was du mir bisher gegeben hast. Wenn der dumme Krieg vorüber ist, werden wir zusammen noch eine große Familie haben. Wir werden zusammen arbeiten und dann werden wir auch bald frei von Schulden sein. Der Herrgott wird uns die Kraft dazu geben. In der Hoffnung, dass wir uns bald wiedersehen, grüße ich dich, meinen lieben Mann, aus der Heimat!

Deine Martha.«

Von draußen kommt lautes Motorengeräusch. Bertel reckt sich, um aus der Dachluke schauen zu können. Einige Motorradfahrer rasen mit hoher Geschwindigkeit am Haus vorbei. Bei der Haarnadelkurve, die auf die Hochfläche der Alb führt, verschwinden sie mit ihren schweren Maschinen im Wald. Mittägliche Ruhe kehrt wieder ein.

Nur noch flüchtig überfliegt die Bertel jetzt die restlichen Schreiben, die ihre Ahne als eine Art Tagebuch geführt hat.

»März 1918 – Heute habe ich die amtliche Todesnachricht von meinem Mann bekommen. Wenngleich auch die Vorahnung immer da war, hat es mich doch furchtbar getroffen. Wieder beginnt eine Nacht, eine Nacht voll Dunkelheit und Angst vor der Zukunft.«

Vielfach sind die Aufzeichnungen unfertig und konfus. Vorwiegend in den Nächten müssen die meisten Eintragungen gemacht worden sein.

»Dezember 1921:

Die Schatten von meinem Gottlieb sind erkenntlich kleiner geworden.

Die dunklen Umrisse von schleichenden Gestalten, die weder Mensch noch Tier sind, bewegen sich nach wie vor in den Nächten durch das

Haus. Weißt du, wie unheimlich lang eine Dezembernacht sein kann, wenn höchstens das Knarren im Gebälk vom Dachstuhl zu vernehmen ist? Weißt du, wie wütend ich oftmals bin, weil du mich alleine gelassen hast, allein mit einem halbfertigen Haus und einem kleinen Kind? Verzeih mir, mein lieber Gottlieb, aber der Schmerz kann so tief bohren, bis er auf einen Nerv trifft und sich dort festklammert, bis körperliches Ungemach erzeugt wird. Mit diesem Ungemach habe ich immer wieder zu kämpfen.«

Über Seiten hinweg sind die Eintragungen vorwurfsvoll und verzweifelt zugleich. An anderer Stelle steht:

»Den Rest aus der Schnapsbuddel, die ich einmal von deinem Vater bekommen habe, hat der untere Müller gegen einen Sack Mehl eingetauscht. So konnte ich wenigstens einige Weihnachtsplätzchen backen. Auf den Michael-Bauer bin ich angewiesen. Dieser alte Geizkragen schenkt mir nichts, obwohl er dir deinen Lohn für Maurerarbeiten an seinem Haus noch schuldet. Ich muss der Bäuerin bei der großen Wäsche helfen. Ja, die Frau des Maurermeisters muss betteln gehen und für fremde Leute Wäsche waschen und das auch noch bei der hochnäsigen

Michaels-Bäuerin, hast du das gewollt?« Es gibt auch andere Zwiegespräche in dem Tagebuch, das mit der Zeit eine Ansammlung von losen Blättern geworden ist.

Bertel findet auch die Aufzeichnungen ihrer Mutter Hedwig. Sie zeugen davon, dass sie weniger selbstbewusst war als die Ahne und in ihren Entscheidungen sehr zögernd und unsicher. Sie wendet sich in ihren Eintragungen immer wieder Rat suchend an den verstorbenen Mann: »... Lieber Alfred, was meinst du dazu?« Oder: »Mein Alfred wäre einverstanden, dass ...«

Wie ähnlich doch die Schicksale der beiden Frauen sind! Sie haben beide ihren Ehemann früh verloren und offensichtlich nie an eine neue Verbindung gedacht. Ihre Tagebücher mussten ihnen den Dialog mit dem Gatten ersetzen.

Mit diesen Gedanken schlägt Bertel das Tagebuch mit den losen Blättern zu, das Aufzeichnungen zweier Generationen enthält, denen sie sich verbunden fühlt. Sie tastet sich mit dem wertvollen Buch unterm Arm die dunkle Bodentreppe hinunter.

Sie setzt sich an den Küchentisch und schreibt ihrerseits auf ein loses Blatt so, als ob sie der Ahne schreiben würde. Jedenfalls hat sie das Bedürfnis, die beiden Tagebücher fortzusetzen: »Liebe Ahne, ich kann dir versichern, dass unser kleiner Robert den Weg eines zufriedenen und vermögenden Mannes geht, ganz so, wie du es für deine Enkel- und Urenkelkinder gewünscht hast. Ich kann dir auch versichern, dass unser Robertle dort glücklich ist, wohin ihn vor einem halben Jahrhundert seine verantwortungslose Mutter geschleppt hat!«

In der Heimat

Am nächsten Morgen lässt Bertel den vergangenen Tag noch einmal Revue passieren. Kann sie dort wieder anknüpfen, wo sie vor langer Zeit ihre Brücken abgebrochen hat? Ist es möglich, einen unterbrochenen Lebensweg nach Jahrzehnten wieder fortzusetzen? Ihr Kopf und ihr Herz singen im Gleichklang »ja«. Ja, sie kann. Man kann Irrwege korrigieren.

Aber ist es wirklich ein Irrweg gewesen? Ist es nicht vielmehr bloß ein Umweg gewesen? Oder waren die Erfahrungen nicht sogar notwendig, um sie reifen zu lassen, damit sie nun den Wert ihrer Heimat erkennen und schätzen kann? Die Worte ihres Bruders klingen nach: »Willst du den Luxus eines modernen Haushalts eintauschen gegen einen solchen vom vorigen Jahrhundert?« Das ist ihr gar nicht wichtig. Was erwartet sie denn drüben? Eine Hand voll Freunde, die sie ja besuchen kann.

Als ihr Blick auf die kleinen Samentütchen fällt, die ihre Mutter noch zurechtgelegt hat, steht sie entschlossen auf und will sich an die Arbeit machen. Doch es ist ja schon Juli – zu spät im Jahr! Da kommt Erwin vom Hintereingang her durch den Garten. Er muss sich ein wenig bücken, um unter dem Holunderbusch ungestreift durch zu kommen, dessen Äste weit in das Fußwegle hineinragen. »Hallo Erwin, schön, dass du vorbeikommst«, ruft sie und denkt dabei: Genau wie damals, als wir von der Schule kamen und durch den Garten stürmten, um uns an den gedeckten Mittagstisch zu setzen.

Eine weitere Geschichte fällt ihr dazu ein: Als sie einmal besonders stürmisch in die Küche kamen und sie von ihrer Mutter dafür getadelt wurden, verteidigte sie sich: »Die großen Buben wollten den Erwin verhauen, da musste ich ihm zu Hilfe eilen. Der freche Herbert läuft jetzt mit einer blutenden Nase nach Hause.« Sie weiß noch, wie stolz sie es hinausposaunt hat und sich ein Lob dafür erhoffte. Auch an das Nachspiel der Geschichte muss sie denken. Daran, wie der cholerische Vater von Herbert am Abend nach der Schlägerei zu ihnen ins Haus kam und die beiden Frauen anbrüllte, weil sie seiner Ansicht nach die Kinder nicht richtig zu erziehen wussten. Das ging nun der Ahne gewaltig über die Hutschnur und sie brüllte ihrerseits zurück, er solle erst mal bei sich zu Hause mit eisernem Besen den Mist ausräumen, den seine fünf Rotzlöffel produzierten. Fürwahr, das waren deutliche Worte. Nie, weder vorher noch nachher, hatte sie die Ahne so fuchsteufelswild erlebt.

Mit dieser kleinen Szene im Hinterkopf empfängt sie den Bruder.

»Grüß Gott, Bertel! Wie ich sehe, hast du dich bestens eingelebt!«

»Komm, setz dich erst mal her«, fordert sie ihn auf. »Weißt du, es ist so, als ob ich nie fort gewesen wäre. Ein Samstagnachmittag in der alten Heimat, wie schön das ist! Ach, Erwin, wie oft habe ich davon geträumt, von den Wochenenden zu Hause, wenn die Ahne ihren Hefezopf gebacken hat. Ist dir eigentlich klar, mit wie vielen festen Bräuchen wir groß geworden sind? Wochenausklang! Samstagnachmittag! Dass ich das nochmals erleben darf! Ich kann das Gefühl gar nicht beschreiben!«

Sie verschwindet in der Küche und bald darauf zieht Kaffeeduft durch die offene Küchentür. Bertel kommt mit den Kaffeetassen und deckt den Tisch. »Nach fünfundvierzig Jahren in der Fremde habe ich erstmals wieder einen schwäbischen Hefezopf gebacken und du musst jetzt dein Urteil abgeben. Sag mir ganz ehrlich, ob er genauso gut gelungen ist wie der von unserer Ahne.«

Anstatt auf Bertels Frage eine Antwort zu geben, gerät Erwin nun seinerseits ins Schwärmen: »Wie oft radelten unsere Buben nach einem Fußballspiel im Nachbarort zur Oma Hedwig, um deren Rosinengugelhupf und Kakao zu genießen. Später dann kam Mutter an den Wochenenden zu uns, um zusammen mit meiner Frau den Haushalt auf Vordermann zu bringen. Meine Irma verbrachte zuletzt mehr Zeit im Büro als in der Wohnung. Damals hat die Oma Hedwig in unserem Haus für Ordnung gesorgt und solche Traditionen fortgesetzt. Die Samstagnachmittage von Oma Hedwig sind einfach Spitze gewesen. So was kann man mit Worten nicht beschreiben, so was muss man erlebt haben!«

Bertel ist so wohl wie schon lange nicht mehr. Auch als Erwin wieder aufgebrochen ist, sitzt sie noch lange, lange auf der Gartenbank und träumt davon, was war und was sein wird. Sie ist sich sicher, dass sie die richtige Entscheidung getroffen hat. Wer weiß, vielleicht ziehen Erwin und seine Frau bald auch heraus zu ihr. Deren Haus, das einmal ruhig am Ortsrand gelegen war, liegt heute in einem neuen Stadtteil, fast mitten in der Stadt. Ihre Buben haben ja eigene Familien. Erwin könnte das Elternhaus so umbauen, dass sie darin alle drei das Alter genießen könnten.

Es ist finstere Nacht, als sie endlich in ihr Bett schlüpft. Sie flüstert leise vor sich hin: »Es wird alles gut werden, jetzt bin ich doch noch nach Hause gekommen.«